उषा प्रियम्वदा

हिन्दी की विशिष्ट कथाकार।

शिक्षा : इलाहाबाद विश्वविद्यालय से अंग्रेजी साहित्य में पी-एच.डी., इंडियाना यूनिवर्सिटी, ब्लूमिंगटन, अमेरिका में तुलनात्मक साहित्य में दो वर्ष पोस्ट-डॉक्टरल अध्ययन शोध। अध्यापन के प्रथम तीन वर्ष दिल्ली के लेडी श्रीराम कॉलेज, तदुपरान्त इलाहाबाद विश्वविद्यालय में दो वर्ष बिताने के बाद, विस्कांसिन विश्वविद्यालय मेडिसन के दक्षिण एशियाई विभाग में प्रोफेसर रहीं। हिन्दी और अंग्रेजी, दोनों ही भाषाओं में समान रूप से दक्ष उषा प्रियम्वदा ने साहित्य सृजन के लिए हिन्दी तथा समीक्षा, अनुवाद व अन्य बौद्धिक कार्यों के लिए अंग्रेजी का चयन किया।

प्रकाशित पुस्तकें : ***उपन्यास :*** *पचपन खम्भे लाल दीवारें* (1961), *रुकोगी नहीं राधिका* (1966), *शेष यात्रा* (1984), *अन्तर-वंशी* (2000), *भया कबीर उदास* (2007), नदी (2013); ***कहानी-संग्रह :*** *फिर बसंत आया* (1961), *जिन्दगी और गुलाब के फूल* (1961), *एक कोई दूसरा* (1966), *कितना बड़ा झूठ, मेरी प्रिय कहानियाँ, शून्य एवं अन्य रचनाएँ (1997) तथा सम्पूर्ण कहानियाँ* (2006)

इसके अतिरिक्त भारतीय साहित्य, लोककथाओं एवं मध्यकालीन भक्ति-काव्य पर अनेक लेख, जो अंग्रेजी में समय-समय पर प्रकाशित हुए। मीराबाई और सूरदास के अंग्रेजी अनुवाद साहित्य अकादमी, नई दिल्ली ने पुस्तक रूप में प्रकाशित किए। अनेक आधुनिक हिन्दी कहानियों के अनुवाद भी किए।

इंडियन स्टडीज विभाग से संलग्न रहते हुए 1977 में उन्हें 'फुल प्रोफेसर ऑफ इंडियन लिट्रेचर' का पद मिला। 2002 में अवकाश लेकर अब पूरा समय लेखन, अध्ययन और बागबानी में बिता रही हैं।

एक कोई दूसरा

उषा प्रियम्वदा

राजकमल पेपरबैक्स

पहला पुस्तकालय संस्करण
राजकमल प्रकाशन प्राइवेट लिमिटेड द्वारा
2000 में प्रकाशित

राजकमल पेपरबैक्स में
पहला संस्करण : 2015
दूसरा संस्करण : 2021

राजकमल पेपरबैक्स : उत्कृष्ट साहित्य के जनसुलभ संस्करण

राजकमल प्रकाशन प्रा. लि.
1-बी, नेताजी सुभाष मार्ग, दरियागंज
नई दिल्ली-110 002
द्वारा प्रकाशित

शाखाएँ : अशोक राजपथ, साइंस कॉलेज के सामने, पटना-800 006
पहली मंजिल, दरबारी बिल्डिंग, महात्मा गांधी मार्ग, प्रयागराज-211 001
36 ए, शेक्सपियर सरणी, कोलकाता-700 017

वेबसाइट : www.rajkamalprakashan.com
ई-मेल : info@rajkamalprakashan.com

बी.के. ऑफसेट
नवीन शाहदरा, दिल्ली-110 032
द्वारा मुद्रित

मूल्य : ₹ 150

EK KOI DOOSRA
Short Stories by Usha Priamvada

ISBN : 978-81-267-2879-4

क्रम

एक कोई दूसरा

मैं अब भी सुन्दर हूँ।

मेरे होंठों पर वही लाली है, आँखों की पुतलियों में वही चमक और लोग अब भी उसी सराहना-भरी दृष्टि से मुझे देखते हैं। मेरे अन्दर बड़ा गहरा सन्तोष है कि मेरा रूप, मेरा चापल्य, मेरी हँसी किसी रिक्त जीवन का थोड़ा-सा कोना तो भर सकी!

और कुछ महत्त्व नहीं रखता। मँझली भाभी कहती हैं, ''रानी, बचपना न करो! बहुत अच्छा लड़का है, रंगवालों का वैभव, उनकी कुलीनता, उनकी शालीनता सारी बिरादरी में प्रसिद्ध है! वह तुम्हें पूजेंगे...''

''पूजा के ऊँचे आसन पर तो बहुत अकेलापन होता होगा, भाभी!''

''तुम किसलिए अपने को मिटाए दे रही हो? तुम्हारा रूप, तुम्हारा रंग धीरे-धीरे खो जाएगा। हर चीज़ की अपनी रुत होती है। हरे पत्ते नोंचकर फेंक देने से ही पतझड़ नहीं आ जाता!''

''पतझड़ कहाँ? मेरे ऊपर तो चिर-वसन्त है!'' मैं मुस्कराती हूँ, मैं सच ही वासन्ती बयार हूँ। जहाँ जाती हूँ, घर-प्रांगण सुगन्धित कर देती हूँ—ऐसा ही—कभी किसी ने कहा था! किसने? अब याद नहीं पड़ता।

''अपने घर जाओ, सुख से रहो।'' भाभी उसी बात को पकड़े हुए हैं।

''मैं सुखी नहीं हूँ, यह तुम कैसे कहती हो, भाभी? देखो, कितने आराम से तुम रखती हो, मँझले भैया ने मोटर ख़रीद दी है, जहाँ चाहूँ जाऊँ। मेरे नाम इतना रुपया बैंक में है! क्या यह सुख नहीं रंगवाले के? यहाँ मुझे इससे अधिक क्या मिलेगा?''

भाभी धीरे से कहती हैं, ''रानी, मन के मीत की बात ही और होती है!''

''तो भाभी, वह रंगवालों के शहज़ादे, तुमने यह कैसे जाना कि वह मेरे मन के मीत बन सकेंगे?''

भाभी बड़े उत्साह से उत्तर देती हैं, ''वह इतने साल विलायत में रहे हैं, बड़े स्मार्ट हैं, तुमने तो स्वयं देखा है कि कितनी अच्छी अंग्रेज़ी बोलते हैं।''

''मन के मीत नहीं भाभी, तन के भोक्ता कहो!''

मेरे मुख से ऐसी बात सुन भाभी सकुचाकर चुप हो जाती हैं। मेरी मीठी, भोली

भाभी बातें बन्द कर कहती हैं, "बाहर चलो, देखो कैसे तारे छिटके हैं! गंगा के पुल की बिजलियाँ अँधेरे में बड़ी सुन्दर लगती हैं!"

तारों की छाँह में खड़ा होना मुझे अच्छा लगता है। मुँह ऊपर करके आकाश को देखती हूँ। धप-धप करते हुए कितने तारे हैं। मैं पहचानने का प्रयत्न करती हूँ कि कौन-सा तारा स्निग्ध दृष्टि से मुझे देख रहा है? अचानक ही मैं एक उपस्थिति की सुवास से भर उठती हूँ। आकाश से झरती किरणें, जाग्रत, स्पन्दित उँगलियाँ बनकर मुझे सहलाने लगती हैं।

उस रात यूनिवर्सिटी में न जाने कौन-सी लता फूली थी कि चारों ओर तीव्र सुगन्ध फैल रही थी। मेरा मन, वहीं खड़े होकर, उस सुवास में लम्बी-लम्बी साँसें पीने को होने लगा। रात में सबकुछ कितना बदला-बदला-सा लग रहा था। दिन-भर मुखरित रहनेवाले क्लासरूम और सड़कें निस्तब्धता को ओढ़ सुस्ता रही थीं। रात्रि के आकाश की पृष्ठभूमि में बुर्जियों और मीनारों की आकृति गाढ़े रंग के धब्बों की तरह लग रही थी। उस विस्तृत नीरवता में श्यामा का स्वर एक फुसफुसाहट-सा लगा, "तुम तो डॉ. कुमार से अभी मिलीं नहीं?"

"नहीं श्यामा, जा ही न सकी। सोचती तो रोज़ रही, पर कुछ विशेष काम भी न हो पाया था, जो लेकर जाती।"

"मेरे किए चैप्टर की उन्होंने बहुत प्रशंसा की," श्यामा बड़े अभिमान से बोली, "और उन्होंने प्रशंसा की, इससे मुझे बहुत खुशी हुई। इतने सुलझे हुए विचारों और गहन अध्ययनवाले व्यक्ति कम ही होते हैं!"

मैंने चुपचाप उसकी बात सुन ली। श्यामा की थीसिस उसका जीवन-प्राण बन गई थी। उठते-बैठते सिर्फ़ उसी की चर्चा! डॉक्टर सिंह के रिटायर होने पर उसे इस बात से अधिक दुख हुआ था कि नए अध्यक्ष के आने तक थीसिस की प्रगति में बाधा पड़ेगी। डॉ. कुमार हमारे डिपार्टमेंट में आ रहे हैं, यूनिवर्सिटी उन्हें मैक्सिमम सैलरी दे रही है, वह कैम्ब्रिज के डॉक्टर हैं...ये सब समाचार मुझे श्यामा ने ही समय-समय पर दिए थे। एक अध्यक्ष के जाने और दूसरे के नियुक्त होने से मेरे ऊपर कोई असर न पड़ा था। बल्कि उस कुछ समय के अन्तराल से मैं प्रसन्न ही हुई थी और अपने क्लब के वार्षिक उत्सव में निश्चिन्त होकर भाग ले सकी थी।

कार से उतरते हुए मैंने देखा कि काफ़ी मोटरें पहले से ही आकर खड़ी थीं और पोर्टिको में भी कुछ लोग बातें करते दिख रहे थे। मैं अपने अध्यापकों को नमस्कार करती अन्दर चली गई। अन्दर हॉल में तीव्र प्रकाश था और बड़ी-बड़ी खिड़कियाँ यूनिवर्सिटी लॉन की ओर खुली हुई थीं। मैं साड़ी सँभालती, अतिथि-अभ्यागतों पर दृष्टि डालकर यह विचार कर ही रही थी कि कहाँ बैठूँ कि एक ओर से धीरेन्द्र आता दिखाई पड़ा।

''तुम लोगों के लिए हम लोगों ने जगह रख ली है।''

''उधर? मुख्य टेबल के पास?'' मैंने पूछा।

''और क्या? आकर्षण का केन्द्र तो तुम ही हो, बेचारे डॉक्टर कुमार तो तुम्हारे सामने फीके पड़ जाएँगे।'' धीरेन्द्र मुस्कराया।

''डोंट बी फनी!'' मैंने धीरेन्द्र को मीठी-सी घुड़की दी। ऐसी बातें सुनने का अभ्यास है; मेरे लिए ये उद्‌गार नए नहीं हैं। श्यामा धीरेन्द्र से बोली, ''डॉक्टर कुमार ने मुझसे कहा है कि यदि मैं ऐसे ही श्रम करती रही तो मेरी थीसिस उच्च कोटि की होगी।''

मैं जानती थी कि आज श्यामा प्रत्येक परिचित से यही कहेगी। मुझे मन में बुरा-सा लग उठा। एक आकांक्षा जग उठी कि मेरे कार्य की भी ऐसी ही प्रशंसा हो। पर मैंने तो सिनॉप्सिस के अतिरिक्त अभी कुछ भी न किया था। मैं वहाँ से कहीं और हटना चाहती थी कि तब तक दीक्षित और स्टड भी मेरे ही पास आ गए।

''हाई!'' स्टड ने कहा।

''हाई, स्टड!'' उत्तर में मैं मुस्कराई। स्टड लौनीगन हमारे विभाग में एक साल से आया हुआ था। विदेशी छात्रों की देखभाल की जो कमेटी थी, उसकी मैं सदस्या थी और इसी कारण स्टड से मेरा परिचय घना हो गया था।

धीरेन्द्र स्टड से मेरी मैत्री के प्रति सदा ईर्ष्यालु रहा है। ''आज तो तुम अपना नाम सार्थक कर रही हो!'' उसने मुझसे कहा।

''मेरे नाम का यह अर्थ बिलकुल नहीं है!'' मैं मुस्कराई।

डॉक्टर कुमार के स्वागतार्थ दिए गए उस भोज में मैंने नीली साड़ी पहनी थी।... इतने दिनों के बाद भी, मैं अपने को उस रात के परिधान में स्पष्ट रूप से देख रही हूँ। नीली सिल्क की साड़ी, उस पर चटक नारंगी बॉर्डर। नीला ब्लाउज़ साड़ी में कुछ ऐसा घुल-मिल गया था कि सुनहरे तारों से बुना नारंगी बॉर्डर ही झिलमिला रहा था। बॉर्डर के रंग की वैसी ही चटक लिपस्टिक। तैयार होकर जब मैं ड्राइवर के गाड़ी लाने की प्रतीक्षा कर रही थी, भाभी बाहर आईं और मेरी बलाएँ लेने लगीं : ''रानी, सच, बिलकुल परी-सी लग रही हो! तुम तो जो भी पहन लो, उसी में खिल उठती हो। साड़ी का रंग भी कितना सोबर है! फिर भी बॉर्डर की शोभा साड़ी पर और चटक लिपस्टिक का निखार चेहरे पर! पर यह सब यूनिवर्सिटी में पहनने से क्या? कहीं और पहनतीं तो लोग देखते भी!''

धनी ठेकेदार की बेटी मेरी भाभी, यूनिवर्सिटी-प्रोफ़ेसर और रिसर्च को हेय समझती हैं। उनके अनुसार मैं अपना समय नष्ट कर रही हूँ; मुझे भी किसी धनी व्यवसायी या मिल-मालिक के घर की शोभा बढ़ानी चाहिए।

आत्मविश्वास की मुझमें कमी नहीं, पर भाभी की बातों से मन में थोड़ी- सी खुशी और भर गई...श्यामा की बौद्धिकता के प्रभाव में न आ, धीरेन्द्र दीक्षित और स्टड जिस

प्रकार मुझे घेरे खड़े थे, वह मुझे बहुत अच्छा लग रहा था। मादक द्रव्यों के सेवन से कैसा लगता होगा यह मैं नहीं जानती, पर पुरुषों की चाहना-भरी दृष्टि की मदिरा मुझे सदा गुदगुदा जाती है। यदि मेरे पास अथाह रत्न-राशि भी होती, तब भी मुझे ऐसा न लगता, जैसा कि धीरेन्द्र के मुख पर प्रीतिमय दास-भाव देखकर लग रहा था।...कितना कुछ था मेरे पास देने को, पर वह सब मुट्ठी में भींच किसी को कुछ न देने का निश्चय करके भी, मैं सबको ललचा रही थी। पूर्ण विकसित पुष्प को कैसा लगता होगा, यह मैं उस समय जान पा रही थी।

भोज प्रारम्भ हो गया। किसी ने मेरे हाथों में खाद्य पदार्थों से भरी प्लेट पकड़ा दी।

"तुम छुट्टी में यहीं रहोगी?" स्टड ने पूछा।

"यह यहाँ रहेंगी तो नैनीताल सूना हो जाएगा!" श्यामा ने कहा।

बेचारी श्यामा! डॉक्टर कुमार भले ही उसकी थीसिस की प्रशंसा करें, पर उसका समवयस्क कोई भी युवक उसे दुबारा मुड़कर नहीं देखता।

"कैसी जगह है नैनीताल?" स्टड ने मुझसे पूछा।

"पानी?" धीरेन्द्र ने पूछा और गिलास मेरे हाथ में पकड़ा दिया।

मैं स्टड की ओर मुड़ गई और उसे नैनीताल के बारे में बताने लगी। मैं उससे बातें करने में ऐसी लीन थी कि अपनी ओर आते हुए लोगों को मैं देख ही नहीं पाई। जब स्टड एकदम गम्भीर हो गया और धीरेन्द्र, श्यामा सादर, सम्भ्रम एक ओर हट गए तो मैंने देखा, डॉक्टर कुमार ठीक मेरे सामने खड़े हैं। वह डॉक्टर कुमार ही होंगे, यह मैंने उनके साथ विभाग के दो सीनियर प्राध्यापकों को देखकर अनुमान लगाया।

डॉक्टर प्रसाद ने उन्हें हम सबका परिचय देते हुए कहा : "मि. स्टड लौनीगन– हमारे विभाग में फुलब्राइट स्कॉलर हैं। वर्जीनिया से आए हैं।...और ये तीनों अब आपके पथ-पदर्शन में शोध-कार्य करेंगे।" कहकर उन्होंने हमारी ओर संकेत किया।

डॉक्टर कुमार श्यामा और धीरेन्द्र से पहले ही मिल चुके थे। वह मेरी ओर सीधी, स्थिर दृष्टि से देख रहे थे। मैं एक हाथ में पानी का गिलास और दूसरे में प्लेट पकड़े खड़ी थी और इस उलझन में पड़ी थी कि उन्हें नमस्कार कैसे करूँ? मेरे विचार उस आकस्मिक आघात से टूटकर बिखर गए थे और इस अवसर के उपयुक्त कोई भी शब्द मैं नहीं सोच पाई। उस क्षण मुझे लगा कि खिड़कियाँ खुली होने के बावजूद हॉल में बड़ी घुटन और गर्मी-सी है, जिससे मेरी हथेलियाँ पसीज उठी हैं। हॉल का तेज़ प्रकाश, अनेक कंठों के वार्तालाप के सम्मिलित स्वर, चम्मचों-प्लेटों की खनक एकाएक उमड़ आई लहर की तरह मुझे डुबाने लगी। तभी किसी के हाथ से छूटा काँच का गिलास झन्न से टूट गया और उसने मेरी डूबती चेतना को झकझोर दिया।

"आपकी रिसर्च का विषय क्या है?"

"आधुनिक काव्य में प्रतीकवाद," मैंने उत्तर दिया।

उनका मन्द स्वर शीतल उँगलियों की भाँति था, जिससे कि मेरे अस्पष्ट विचारों में कुछ स्पष्टता आई।

"आपका कितना काम हो गया है?"

"इसी साल आरम्भ किया है। अभी तो शब्दों और पुस्तकों के सागर में डूब-उतरा रही हूँ।"

डॉक्टर कुमार आगे बढ़ गए। स्टड ने मेरे हाथ से गिलास और प्लेट ले लिये। मैं रूमाल से अपनी हथेलियाँ पोंछने लगी। डॉक्टर कुमार युवा हैं या प्रौढ़, सुन्दर अथवा असुन्दर, मैं नहीं बता सकती। मेरी समस्त चेतना उस सीधी, गहन, तल तक जाती दृष्टि में केन्द्रीभूत हो गई थी। उनके चले जाने के बाद भी मैं कुछ खा न सकी। मैं न जाने किन अदृश्य तन्तुओं में उलझकर रह गई थी। डॉक्टर कुमार का मेरे प्रति विचार कुछ अच्छा नहीं बना होगा। मैं किस प्रकार उजड्ड की तरह चुप खड़ी रह गई थी, बार-बार याद कर मैं खिन्न हो गई। मुझे एकाएक अपनी साड़ी का रंग बहुत शोख और उस अवसर के लिए अनुपयुक्त-सा लग उठा। मुझे खीझ हुई कि श्यामा की तरह सफ़ेद साड़ी मैंने भी क्यों नहीं पहनी! स्टड ने कौतुक-भरी दृष्टि से देखते हुए मुझे खिझाया : "हाँ, तो नैनीताल..."

सब कुछ वैसा ही है, जैसा एक वर्ष पहले था। ऊँचाई पर हमारा घर, जिसके बरामदे से झील दिखाई देती है। सफ़ेद पालवाली नावों को मैं घंटों बैठकर देख सकती हूँ। कभी-कभी दृष्टि भटककर ढलानों पर उगे हरे, युवा, शक्तिशाली वृक्षों में उलझ जाती है। उनके नीचे धूप और छाया मिलकर चटक और फीके रंगों से धरती रँगती रहती है। मैं प्रसन्न हूँ। गरमी के कुछ और बढ़ने पर नीचे से जो लोग आए हैं, उनमें से बहुत अपने परिचित हैं। उनके साथ कभी-कभी पार्टी, चाय, सिनेमा और बोटिंग का प्रोग्राम बनने लगा और मेरे दिन काफ़ी व्यस्तता से बीतने लगे। एक बक्से में मैं पुस्तकें भी भर-कर लाई थी, पर उन्हें पढ़ेगा कौन? बेकार ही बोझ बढ़ाया। मैं बुक स्टाल से 'वुमन एंड होम,' अर्ल स्टैनली गार्डनर की कुछ किताबें, कुछ चित्रमय पत्रिकाएँ ले आई और उन्हीं के पृष्ठ उलटते हुए दिन बिता देने लगी।

स्टड के कुछ दिनों के लिए नैनीताल आने पर मेरे मनोरंजन का साधन बढ़ा। कभी-कभी श्यामा को याद करती हूँ। वह उसी गरमी में तपते रिसर्च-रूम में बैठकर काम करती होगी। उस ठंडक और चहल-पहल में अपने जीवन का रूप बहुत दूर लगता है। कभी-कभी मन में कुछ आँसने-सा लगता है कि जब रिसर्च के लिए नाम लिखाया है तब कुछ तो करना ही चाहिए। डॉक्टर सिंह के साथ तो निभ गई, पर डॉक्टर कुमार दूसरी ही प्रकृति के जान पड़ते हैं।...पर अभी तो नीला आकाश है, स्टड है, नृत्य-संगीत है! स्टड को बोटिंग का बड़ा शौक़ है, वक़्त-बेवक़्त जब मन हुआ तभी चल दिए।

मुट्ठी-भर बजरी आकर मेरे कमरे के शीशों पर गिरती है, और मैं झुककर झाँकती हूँ, तो देखती हूँ, स्टड नीचे खड़ा मुस्करा रहा है। मैं चुपचाप नीचे उतर आती हूँ और हम दोनों साथ चल देते हैं।...स्टड नाव खेता है और मैं झुककर पानी में हाथ डाले बैठी रहती हूँ। उँगलियों से झिरकर गिरती पानी की बूँदें...उन्हीं गीले हाथों से कभी-कभी बाल सँवार लेती हूँ और स्टड मेरी आँखों में देखकर मुस्करा देता है और कोई गीत गुनगुनाने लगता है।...नाव किनारे से लगी और स्टड उतर गया, उसने हाथ बढ़ाया और उसकी मज़बूत पकड़ के सहारे मैं भी नीचे सूखी भूमि पर कूदी और उससे टकरा गई। फिर हँसते हुए हम दोनों अलग हो गए। स्टड नाववाले को पैसे देने लगा और मेरी दृष्टि यों ही भटककर ऊपर सड़क की ओर चली गई जहाँ लोग प्रायः खड़े होकर झील की ओर देखा करते हैं। मेरी दृष्टि का अनुसरण कर स्टड ने भी ऊपर देखा और उसकी भौंहें ऊपर गईं।

सीढ़ियाँ चढ़कर हम लोग ऊपर आए। तब तक डॉक्टर कुमार वैसे ही रेलिंग के सहारे खड़े थे। हमने उन्हें अभिवादन किया।

"आप कब आए?" मैंने पूछा।

"दो-तीन दिन हुए आया हूँ।"

"ठहरेंगे?"

"हाँ।"

मैं दोनों हाथ मरोड़ती, नर्वस-सी खड़ी रही। काश, मेरे साथ स्टड न होता! क्या सोच रहे होंगे डॉ. कुमार?...इस अलस दोपहरी में मैं स्टड के साथ लौटी हूँ, मेरे रूखे बाल उड़ रहे हैं, मेरी बिन्दी ज़रूर फैल गई होगी। डॉक्टर कुमार ने सोचा होगा कि मैं बड़ी ही फ़्लाइटी लड़की हूँ, विदेशियों के साथ घूमा करती हूँ...शायद उन्हें यह भी लगा हो कि मैं जान-बूझकर ही स्टड के ऊपर गिरी थी।

लौटते समय मैं बहुत चुप थी। स्टड मन्द स्वर से सीटी बजाता चल रहा था, मेरे अन्दर की हलचल से अनभिज्ञ। मैंने एक पत्थर को ठोकर मारी और जब तक वह नीचे नहीं गिर गया, उसे देखती रही।

मैं बुरी नहीं हूँ, केवल पूरी तरह जीने का प्रयत्न कर रही हूँ। मुझे किसी भी प्रकार की आर्थिक चिन्ता नहीं, मेरे लिए उपयुक्त वर की तलाश जारी है। यदि इस अन्तराल को मैं हँसी-खुशी से ज़िन्दगी को बिलकुल सीरियसली न लेकर बिता रही हूँ तो कुछ बुरा नहीं कर रही। पर मेरी यह फ़िलासफ़ी औरों को कैसी लगती होगी? डॉक्टर कुमार के मन में अवश्य ही मेरे प्रति कुछ अरुचि उपज आई होगी। उनके सामने पड़कर मुझमें बौनेपन की भावना क्यों आती है? और मैंने निश्चय कर लिया है कि मैं डॉक्टर कुमार को दिखा दूँगी कि मैं भी कुछ कर सकती हूँ। पर थीसिस का चैप्टर लिखना पुरुषों को आकर्षित करने के समान सहज नहीं।

वे कोरे पृष्ठ मेरे लिए बहुत बड़ी चुनौती बन गए थे। कितनी ही बार मैं लिख-

लिखकर पृष्ठ फाड़ चुकी थी। एक स्थल पर आकर मस्तिष्क रिक्त-सा हो जाता था। मैं कभी अपने पर खीझती, कभी सारी दुनिया पर।

"देखो न भाभी, कैसा दुरूह विषय मुझे दे दिया है। कुछ समझ में नहीं आता कि कैसे लिखूँ। उधर श्यामा है कि आधुनिक उपन्यासकारों पर चैप्टर-के-चैप्टर लिखे जा रही है।"

"तो तुम यह रिसर्च का किस्सा ही ख़तम करो न! तुमने यह जान का जंजाल बेकार ही पाल रखा है।"

मैंने आहत दृष्टि से भाभी को देखा : "तुम यह सब नहीं समझोगी।"

बात ही ऐसी थी कि मैं स्वयं नहीं समझ पाती थी। मेरे अन्दर एक तीव्र हठीली भावना जम आई थी कि मैं डॉ. कुमार के समक्ष अपनी योग्यता सिद्ध कर दूँगी। ऐसा क्यों था, क्यों मैं उनकी दृष्टि में ऊँचा उठना चाहती थी, यह सब मैं स्वयं नहीं जान पा रही थी। मैंने एम.ए. कर जब रिसर्च के लिए नाम लिखाया तो मेरा मतलब गम्भीरतापूर्वक काम करने का नहीं था, मैं तो विश्वविद्यालय के सम्पर्क में रहना चाहती थी। पर अचानक मुझे यह क्या हो गया? अब मैं इस बात पर तुली हुई थी कि मैं ऐसा अध्याय लिखूँगी, जो कि श्यामा के लिखे अध्याय से उत्तम ही हो।... कितनी बार सूर्य उदय होकर ढला, इसकी मुझे गिनती नहीं थी। सुबह से शाम तक दत्तचित्त बैठी रहती। सोते-जागते, उस अध्याय में सामग्री कैसे प्रस्तुत की जाए, मुझे यही चिन्ता लगी रहती। कभी-कभी झुँझलाहट में मन होता कि यह सब छोड़ दूँ, पर तभी यह भाव जग उठता कि तब तो डॉक्टर कुमार मुझे वैसी ही लड़की समझेंगे।

अपने लिखे पृष्ठों को मैंने कितनी बार दोहराया। कितनी बार कई पैराग्राफ़ काट-काटकर फिर लिखे। भाषा सँवारी। फिर भी, चैप्टर पूरा लिख चुकने के बाद भी, मैं डॉक्टर कुमार के पास न जा सकी। तीव्र ज्वर उतर जाने के बाद की-सी शिथिलता मेरे मन पर व्याप गई थी। आख़िर एक दिन साहस बटोर मैं उनके घर जाने निकल ही पड़ी। मुझे बड़ा संकोच हो रहा था और लगता था कि मैं कहीं से बहुत ही अपूर्ण हूँ। मेरा परिवेश देखकर भाभी मुस्कराईं।

मैंने हल्के पीले रेशम की सादा-सी साड़ी पहनी थी, जिसके आँचल के छोर पर पीले ही फुँदने लटक रहे थे। साड़ी से कुछ ही गहरा ब्लाउज़, बाल बिलकुल सादे और पीछे जूड़ा। लिपस्टिक और दिनों से बहुत हल्की थी और वह गुलाबीपन मुझे अच्छा लगा। मुझे दर्पण में अपना मुख कुछ अनचीन्हा-सा लगा। जूड़े में खोंसने के लिए जंगली गुलाब का फूल तोड़ने को हाथ बढ़ाया पर छूते ही उसकी पँखुरियाँ बिखर गईं। मैंने दूसरा फूल नहीं तोड़ा। फ़ाइल को कसकर पकड़े मैं ऊपर की चढ़ाई पर चल दी। उस समय मुझे केवल अपने वेग से धड़कते हृदय का ही ज्ञान था। धूप, हरियाली, पक्षियों का गान, यह सब मेरे हृदय की गति में डूब गया था।

डॉक्टर कुमार के बँगले के फाटक पर मैं ठिठक गई। चारों ओर बड़ी प्रीतिकर

नीरवता व्याप्त थी और गेट के अन्दर फूलते हुए डहेलिया के रंग मुझे बड़े आकर्षक लगे। तभी डॉक्टर कुमार बाहर बरामदे में निकल आए और मैंने उन्हें अभिवादन किया। उस समय मेरा दर्प और मेरा आत्मविश्वास जाने कहाँ चला गया! अपने अज्ञान के बोध से बोझिल मैं उनके समक्ष अपने को बहुत ही नगण्य पा रही थी। वह मुझे सामने के ही कमरे में ले गए, जिसे वह स्टडी की तरह इस्तेमाल करते होंगे। मेरी दृष्टि शेल्फ में रखी किताबों, मेज़ पर रखे हुए प्रूफ़, उनके पढ़ने के चश्मे और पेन पर घूमती हुई उन पर टिक गई। वह मुझे कुछ खिन्न और चिन्तित-से लगे। मैंने फ़ाइल मेज़ पर रख दी। जिस दृष्टिकोण को लेकर मैंने अध्याय लिखा था, उस पर वे मुझसे बातचीत करने लगे। उनके आचरण की सहजता से मेरे शरीर का कसाव अनायास ही ढीला हो गया और मेरा आत्मविश्वास धीरे-धीरे लौट आया। उन्होंने दोनों हाथों की उँगलियाँ एक-दूसरे में फँसा लीं और उन पर दृष्टि टिका ली। उन्होंने मुझे कुछ पुस्तकें पढ़ने को बताईं, फिर छोटी-सी मुस्कान से कहा : "अभी तो तुम छुट्टी में आई हो। पढ़ाई की फ़िक्र न करो। यहाँ तुम्हें वे पुस्तकें भी नहीं मिलेंगी।" फिर उन्होंने नौकर को भेज अपनी पत्नी को बुलवाया। मिसेज़ कुमार तुरन्त ही आ गईं। पहली झलक में ही वह बड़े हँसमुख स्वभाव की लगीं। चटक रंग की साड़ी उनके खूब गौरवर्ण पर बड़ी फब रही थी। होंठ पान से लाल थे। डॉक्टर कुमार ने मेरा परिचय करा चुकने के बाद कहा, "इन्हें कुछ चाय वग़ैरा पिलाओ।"

"चाय तो बन गई है, वहीं ले जाकर पिला दूँगी। यहाँ बैठकर बात करूँगी तो तुम्हारे काम में हर्ज होगा।" और फिर रुककर पूछा, "तुम पियोगे?"

उस प्रश्न में कितना ममत्व और नैकट्य था! मैं मन-ही-मन सोच उठी कि यह प्रसन्नचित्त, पान खानेवाली स्त्री डॉक्टर कुमार के जीवन का कितना अभिन्न भाग है। दोनों के बीच कितना खुलापन, साथ ही बरसों से साथ रहते आए व्यक्तियों की तरह एक-दूसरे के प्रति कितनी पूर्ण स्वीकृति है! पर वह क्या अपने गम्भीर, चिन्तनशील, प्रखर बुद्धिवाले पति को पूर्ण रूप से सन्तुष्ट कर सकी होंगी? क्या उस मन का एक कोना अछूता ही न रह गया होगा?

मिसेज़ कुमार मुझे अपने साथ दूसरे कमरे में ले आईं। मेरे सामने फल काटकर रखते हुए उन्होंने मेरे बारे में अनेक बातें पूछ डालीं। फिर वह हँसती हुई बोलीं, "तुम्हें वहाँ से इसीलिए ले आई थी। डॉक्टर साहब मेरी बेमतलब की बातों से बहुत खीझते हैं। पर तुम्हीं बताओ, क्या करूँ! एक लड़का है, उसे भी उन्होंने बोर्डिंग में रख दिया है। और कोई भी नहीं मन लगाने को। सारा दिन ख़ाली रहती हूँ। जो सामने पड़ा, उसी से बोल लिया। डॉक्टर साहब को तो अपना ही काम बहुत है। नई किताब के प्रूफ़ आए हुए हैं, पर कई दिन से उनके सिर में बड़ा दर्द है।"

मिसेज़ कुमार मुझे अच्छी लगीं।

कुछ दिन बाद जब मैं उनके पास फिर गई, तो डॉक्टर कुमार और भी थके-थके-से लग रहे थे।

''तुम्हारा चैप्टर तो मैं पढ़ नहीं सका। यदि तुम्हें जल्दी न हो तो पढ़कर सुना दो,'' उन्होंने कहा।

मैं कुर्सी खींचकर बैठ गई और धीमे, पर स्पष्ट स्वर में पढ़ने लगी। पहले मैं झिझकी, पर डॉक्टर कुमार को ध्यान से सुनते देख मेरी झिझक खुल गई। मुझे उस समय अपने कान्वेंट के उच्चारण पर खुशी-सी हुई। स्टडी की बड़ी खिड़की का परदा खुला था और धूप कार्पेट पर आकर सो गई थी। मेरी आँखें शब्दों पर थीं, और मेरी सम्पूर्ण चेतना एक उपस्थिति-बोध से सजग।

डॉक्टर कुमार ने हाथ के संकेत से मुझे रुकने को कहा, ''बस, आज इतना ही रहने दो। तुम थक गई होगी!''

मैंने जिज्ञासु नेत्रों से उन्हें देखा।

''ठीक लिखा है। पर अभी इसमें वह गहराई नहीं है जो अध्ययन और अंडरस्टैंडिंग से आती है। उनके लिए तुम्हें परेशान होने की ज़रूरत नहीं है। फ़ाइल छोड़ जाओ, और बाक़ी किसी और दिन आकर पढ़ देना।'' डॉक्टर कुमार ने नहीं जाना होगा कि प्रोत्साहन के ये कुछ शब्द मेरे लिए कितने महत्त्वपूर्ण थे!

मिसेज़ कुमार ने मुझे फ़ाइल बन्द करते देखा, तो झाँककर पूछा, ''अब चाय आए?''

''ज़रूर आए और तुम भी आओ!'' डॉक्टर कुमार ने कहा। फिर उन्होंने प्रूफ़ का पृष्ठ उलटा।

''डॉक्टर कहते हैं कि आँखों पर ज़ोर न पड़े, पर तुम मानते नहीं हो। मैं किताब उठाकर बन्द कर दूँगी!'' मिसेज़ कुमार ने बड़े प्यार से पति को झिड़का। मुझे लगा कि मिसेज़ कुमार के लिए उनके वयस्क पति एक अबोध शिशु की तरह हैं, जिनका हर काम बिना कहे ही सम्पन्न होता है। वे दोनों ही जीवन के उस मोड़ पर पहुँच गए हैं, जहाँ पारस्परिक प्रेम का वेग एक मन्थर गति से बहती नदी में बदल जाता है। उसमें ठहराव है, यह उसकी गहराई का प्रमाण है।

''न देखूँ तो काम रुक जाएगा,'' डॉक्टर कुमार मुस्कराए।

''किताब दो महीने बाद भी छप जाएगी, ऐसी जल्दी क्या है?''

बात यहीं रुक गई, चाय आई और हम सब चाय पीने लगे।

''अगर मैं कुछ सहायता कर सकूँ तो मुझे बता दीजिए, मैं प्रूफ़ देख दूँगी,'' मैंने डॉक्टर कुमार से कहा।

''तुम?'' डॉक्टर कुमार ने सहज ही अपने स्वर में आ गए विस्मय को ढँकते हुए कहा, ''तुम क्यों परेशान होगी, मैं दो-एक दिन में ठीक हो जाऊँगा।''

''परेशानी कुछ भी नहीं। सुबह तो ख़ाली ही रहती हूँ। यहीं आ जाया करूँगी!'' मैंने आग्रह किया।

"ठीक तो है, यही देख देंगी," मिसेज़ कुमार ने कहा।

डॉक्टर कुमार बहुत मुश्किल से सहमत हुए। शायद वह किसी प्रकार भी अपनी छात्रा का आभार नहीं लेना चाहते थे।

उसके बाद मैं प्रायः प्रतिदिन ही उनके घर जाने लगी। प्रूफ़ देखना पहले अटपटा-सा लगा, फिर मुझे उसमें आनन्द आने लगा। मैं प्रूफ़ देखती और मिसेज़ कुमार पास बैठकर कुछ बुनतीं और मुझे खिलाती-पिलातीं। वहाँ जाकर मुझे अपूर्व शान्ति-सी मिलती। मिसेज़ कुमार से मुझे अप्रत्याशित स्नेह मिला। एक अपरिचित लड़की को इतना स्नेह वही स्त्री दे सकती थी, जिसका स्वयं का जीवन भरा-पूरा हो; जिसमें द्वेष, स्वार्थ या कोई भी अभाव न हो। मैंने मिसेज़ कुमार के चरित्र और उनके आचरण से डॉक्टर कुमार को समझा। मैंने जाना कि डॉक्टर कुमार की सर्वत्र प्रशंसा झूठ नहीं होती। वह इसके योग्य हैं।

मेरे पहुँचने के कुछ समय बाद उनका नौकर चाय, नमकीन और फल लाकर मेज़ पर रख देता। मिसेज़ कुमार डॉक्टर कुमार को बुलातीं। उनके आने पर उन्हें चाय बनाकर देतीं और बार-बार आग्रह कर मुझे ढेर-सा खाने को बाध्य कर देतीं। प्रूफ़ देखते हुए भी मैं इसी क्षण के लिए उत्सुक रहती, क्योंकि इस समय मैं डॉक्टर कुमार से खुलेपन से बात कर सकती थी। मेरा पहले का संकोच धुलने लगा था और मैं बड़े मज़े से उनसे बोला करती। अगर मेरी कही किसी बात पर वह मुस्करा पड़ते तो मुझे लगता कि मेरा श्रम सफल हो गया! मैं सदा ही यह चाहती कि वह मुझे बड़ी गम्भीर, श्रमशील छात्रा के रूप में देखें।

उनकी बात सुनकर कभी-कभी लगता कि उन्होंने जीवन की गहराइयाँ केवल देखी ही नहीं, बल्कि वह हम सबसे विपरीत उन्हीं गहराइयों में रहते हैं। मेरा जीवन क्या था, उथला, सतही! मेरे परिवार में सभी लोग अधिक-से-अधिक धनोपार्जन में व्यस्त थे। हमारी भाषा और मान्यताओं से डॉक्टर कुमार की भाषा और मान्यताएँ कितनी भिन्न थीं! अपनी सुन्दर युवती पत्नी को नैनीताल में छोड़ मँझले भैया और अधिक धन एकत्र करने में व्यस्त थे। उन्होंने कभी भाभी की उदासी नहीं देखी। व्यवसाय के काम से वह महीनों विदेश में रहते। जब आते तब भाभी पर अनेक बहुमूल्य उपहारों की वर्षा कर देते। पर जो कुछ मिसेज़ कुमार को मिला होगा, उससे मँझली भाभी निःसन्देह वंचित रही थीं। मैं प्रायः अपने बारे में सोचकर कुंठित-सी हो जाती। उन्हें हम सब कितने घोर भौतिकवादी लगते होंगे! रुपया-पैसा, मोटरें, कोठियाँ, आभूषण...मेरे परिवार में चर्चा के विषय यही थे। मेरे लिए ऐसे पति की खोज थी, जो धनी हो, जिसकी कोठियाँ हों, अपना व्यवसाय हो। मँझले भैया और भाभी के साथ किसी पार्टी में जाकर, सूप सिप करते हुए मुझे अब अजीब-सा लग उठता। मैं धीरे-धीरे उस जीवन से दूर हटती जा रही थी। औपचारिक बातें करते हुए सहज ही मैं सोचने लगती कि हम सब कितने ढोंगी हैं! क्लब में कभी स्त्रियों की

बातें सुनती तो प्रायः सोच उठती कि क्या जयपुर के जड़ाऊ गहनों, चन्देरी और गढ़वाल की साड़ियों और लेटेस्ट मॉडेल की मोटरों की परिधि में सिमट आया जीवन ही सबकुछ है?

मैंने मुट्ठी में कंकड़ियाँ भर लीं और एक-एक कर उन्हें पानी में फेंकने लगी। देवी के मन्दिर में एकाएक घंटे गूँज उठे और मेरे पीछे, सड़क पर कुछ घोड़े दौड़ते हुए निकल गए। मैं अकेले बैठकर अपने विचारों को व्यवस्थित करना चाहती थी। अब, जब पहली बार मैं अपने काम में रुचि और उत्साह से लगी थी, बड़े भैया ने बम्बई में मेरे विवाह की बात आरम्भ कर दी। पहले मैंने उस पर ध्यान नहीं दिया। लेकिन कल रात वह विजय और परिवार के साथ आ पहुँचे। विजय के पिता की बम्बई व अहमदाबाद में कई मिलें थीं। मुझे उसके विरुद्ध कुछ नहीं कहना था, पर इस समय मैं अपने को विवाह के लिए तैयार नहीं पा रही थी। रात से लेकर इस समय तक विजय कई बार अपने पूरे एयरकंडीशंड घर और हर गरमी में यूरोप जाने का ज़िक्र कर चुका था। बड़ी भाभी उसकी बातों पर मुझे साभिप्राय देखतीं। मैंने एक बार सोचा कि उसके फूलते हुए गुब्बारे-से अहम को पिन की नोक से फोड़ दूँ, पर मन-ही-मन मुस्कराती मैं चुप रही। मैं बड़े भैया व भाभी को उसकी ख़ातिरदारी में संलग्न देखती रही। भाभी के कुरेद-कुरेदकर पूछने पर भी जब मैंने कुछ उत्तर नहीं दिया, तो वह रूठ गईं। बोलीं, "कुछ तो बताओ रानी! हाँ या ना कुछ तो कहो! हम सबको तो विजय अच्छा लगता है। पढ़ा भी है, घूमने-फिरने का शौक़ीन..."

"ऐसी बातों का एकदम से उत्तर नहीं दिया जा सकता," मैंने उन्हें टाला।

"शादी तो तुम्हारी होनी ही है। समय भी हो गया, बहुत पढ़ भी लिया। मेरी तो अब यही इच्छा है कि तुम्हारा शीघ्र विवाह हो जाए।"

"ऐसी बुज़ुर्गी की बातें तुम्हारे मुँह से नहीं सोहतीं। जाने भी दो भाभी, कुछ और बात करो।"

पर बड़े भैया से मैं ऐसा नहीं कह सकती थी। मुझे पता था कि किसी भी समय वह मुझे बुलाकर स्पष्ट रूप से पूछ लेंगे; और तब मैं उन्हें क्या उत्तर दूँगी?

मैंने एक कंकड़ी पानी में और फेंकी और नन्हे-से वृत्त को लहरों में मिल जाते देखा। विवाह नहीं करूँगी, ऐसा तो मेरा विचार कभी न था, और न बड़े भैया द्वारा तय किए गए विवाह पर ही मुझे कोई आपत्ति थी। पर विजय? मैं उलझन और संशय की गाँठों में फँसकर रह गई थी। उसे पति-रूप में स्वीकार करने में मैं हिचक क्यों रही थी?

शायद इसलिए कि विजय उन्हीं सब बन्धनों का प्रतीक था, जिनसे मैं मुक्त होने का प्रयत्न कर रही थी। यदि विजय से उसकी सम्पत्ति छीन ली जाए तो उसके पास अपना क्या बचेगा? वह एयरकंडीशंड घर, मिलों और भरी तिजोरियों के आवरण में

अपनी मानसिक दरिद्रता को छिपाए हुए है। पहले मैं शायद विजय को वर लेती। गाजे-बाजे, तेज़ रोशनियों और कोलाहल के मध्य मैं उसकी पत्नी बन जाती, क्योंकि दो अमीर भाइयों की बहन का मूल्य विजय चुका सकता था। लेकिन अब...

फिर भी विजय को लेकर मुझे कई दिन बड़ा व्यस्त रहना पड़ा। रंगीन वस्त्र, आभूषण मुझे अच्छे लगते थे। फ़िल्म मैं हमेशा पहले दिन देखती थी, बैठने के लिए रेस्तराँ के बीच की जगह मेरी फ़ेवरिट थी...पर आजकल जीवन के प्रति वह उल्लास जैसे कहीं खो गया था। मैं इन सबसे दूर चली जाना चाहती थी।

उस शाम विजय की बड़ी बहन आनेवाली थी। बड़ी भाभी ने अपने आभूषण निकालकर मुझे दिए थे, पर मैंने न वे गहने पहने, न उनके द्वारा चुनी हुई साड़ी। प्रतिदिन जैसे विजय के साथ जाती थी, वैसे ही कपड़ों में मैं बनी रही। विजय की बड़ी बहन पहले भाभी से बात करती रहीं। फिर वह मेरे पास आ बैठीं। उनके संकेत पर उनकी नौकरानी एक ढँका हुआ थाल ले आई। जब उसका आवरण हटाया गया तो उसमें आभूषणों के लाल डिब्बों का अम्बार लगा था। उन्होंने मेरा हाथ थाम लिया और मुझे अँगूठी पहनाने लगीं।

मैंने झटके से अपना हाथ खींच लिया और कहा, ''आप मुझे यह क्यों दे रही हैं?''

''आज मैं तुम्हें अपना बना रही हूँ, इसलिए। लाओ, हाथ दो!''

जितना ही उनका आग्रह बढ़ा, मैं अस्वीकार करती गई। कमरे का वातावरण एकाएक ही बहुत तनावपूर्ण हो गया। मैंने विनीत, कातर नेत्रों से अपने लोगों की ओर ताका, पर किसी से मुझे आश्वासन नहीं मिला। मुझे लगा कि मैं बिलकुल अकेली हूँ। मँझली भाभी ने भी मेरा पक्ष नहीं लिया। अबस मैं रो पड़ी। विजय की बहन कुंठित-सी हो आईं। बोलीं, ''तुम्हारी परिस्थिति मैं समझ रही हूँ। हर लड़की ऐसा ही अनुभव करती है।''

मैं उन्हें यह न समझा सकी कि यह मेरी झूठी लज्जा नहीं है। चमकीले पत्थरों के ये टुकड़े मुझे अब न ख़रीद सकेंगे। मेरा समस्त व्यक्तित्व इस परिस्थिति को स्वीकार करने से विद्रोह कर रहा है। उन लोगों के चले जाने पर मैंने कहा, ''यह सब वापस कर दो भाभी, मैं वहाँ शादी नहीं करूँगी।''

मेरे शब्द उन लोगों को एक विस्फोट की भाँति लगे होंगे। चुप हो जाने के बहुत देर बाद तक भी मैं उनकी प्रतिध्वनि सुनती रही। मँझली भाभी ने कॉफ़ी का प्याला नीचे रख दिया और उनका चेहरा एकदम फीका पड़ गया। बड़े भैया मुझे सीधी दृष्टि से देखते रहे। बड़ी भाभी की मुख-मुद्रा कठोर हो गई।

पर कोई कुछ बोला क्यों नहीं? बड़े भैया मुझ पर नाराज़ क्यों नहीं हुए? बड़ी भाभी कटूक्तियाँ कहने से क्यों चूक गईं? मँझली भाभी ने उठकर मेरे कन्धों पर आश्वासन के हाथ क्यों नहीं रखे? मेरे शब्द मुझको ही छोटी-छोटी, तीखी सुइयों-से चुभने लगे। पीताम्बर आकर कॉफ़ी के प्याले समेटने लगा, तो बड़े भैया उठकर चले

गए। भाभी उनके पीछे-पीछे गईं। मैंने जिस विश्वास से विजय से विवाह करना अस्वीकार कर दिया था, वह अचानक ही डिग उठा। मैंने कातर दृष्टि से मँझली भाभी को देखा, पर वह सिर झुकाए बैठी थीं। मेरी बात से वह बहुत ही दुखी हुई हैं, यह मैं जान गई पर उस समय न जाने कैसी दूरी आ गई थी कि मैं उनसे भी सहारा न माँग सकी। अचानक मुझे अपनी माँ की याद आ गई और मेरी आँखें भर आईं... पर शायद वह भी न समझ पातीं। हीरे-चुन्नी के गहने, मोटर, रुपए...वह भी शायद यही भाषा समझतीं। अब मैं अकेली थी, नितान्त अकेली!

सुबह जल्दी ही नहाकर और तैयार होकर मैं मिसेज़ कुमार से मिलने चली गई। मुझे पूरा विश्वास था कि वह मुझे सही राय देंगी। मेरी स्थिति के प्रति सहानुभूति प्रदर्शित करेंगी। गेट खोलकर अन्दर घुसते ही, सामने बरामदे में बैठे डॉक्टर कुमार दिखाई दिए। मुझे असमय आते देख वह कुछ विस्मित-से हुए, पर उन्होंने मुझे बैठने को कहा। कुछ देर बाद उन्होंने पूछा, "तुम्हारी तबीयत ठीक नहीं है क्या? बहुत सुस्त दिखाई दे रही हो।"

मैंने अपने परिवार से इसी स्वर, इसी स्निग्ध दृष्टि की अपेक्षा की थी। मैंने काँपते कंठ से कहा, "नहीं, ठीक तो हूँ। ऐसे ही चली आई।"

"वह तो नौकर को लेकर अभी-अभी बाज़ार गई हैं।"

छोटा-सा मौन। बीच में मेज़। उस ओर बैठे डॉक्टर कुमार, गहरे शान्त जल की तरह। और पहाड़ी नदी की तरह उद्विग्न, वेगवती मैं। मेरी परेशान उँगलियाँ बार-बार पर्स का क्लैप्स खोलने-बन्द करने लगीं। डॉक्टर कुमार की दृष्टि में उलझन न थी, जिज्ञासा भी न थी, केवल खुलापन लिए सदय आँखें। उस मौन से छुटकारा पाने के लिए मैंने पूछा, "आपकी तबीयत अब कैसी है?"

"इधर पहले से अच्छा हूँ। तुम बहुत दिनों से नहीं आईं। लक्ष्मी तुम्हारी प्रतीक्षा करती थीं।"

"आ न सकी। घर में कुछ अतिथि आ गए हैं।" मेरा स्वर फिर भींगने लगा, "मेरे बड़े भाई चाहते हैं कि मैं रिसर्च छोड़ दूँ।"

डॉक्टर कुमार मुझे देखने लगे। मेरी दशा उस प्राणी की-सी थी, जो दलील से बचने के लिए पानी की तीव्र धारा में घुस जाए।

"वे लोग कहते हैं कि मुझे नौकरी तो करनी नहीं है।"

"तुम क्या चाहती हो? जीवन तुम्हारा है। तुम्हें अपना पथ निर्धारित करने का अधिकार है।"

"मैं तो रिसर्च ही करना चाहती हूँ।"

"उसके बाद?"

नौकरी कहने में मैं झिझक गई।

"तुम स्वयं ही नहीं जानतीं कि तुम क्या चाहती हो," छोटी-सी मुस्कान के साथ उन्होंने कहा।

पर वह एकाएक चुप क्यों हो गए! उस क्षण, मेरी आँखों में उन्हें ऐसा क्या दिखाई दिया कि उन्होंने दृष्टि फेर ली। फिर जैसे बहुत थक गए हों, ऐसे उन्होंने कहा, "हरेक को अपनी राह स्वयं खोजनी होती है, पर यह ख़याल रखना कि भावावेश में तुम ग़लत राह न पकड़ लो।"

और वह चुप हो गए। उस क्षण वह बहुत थके-हारे-से लगने लगे। उनकी आँखों में बहुत-बहुत अकेलापन घिर आया और मैं चुपचाप उठकर चली आई।

बड़ी भाभी का आग्रह था कि सभी पिकनिक पर चलें। शायद वह घर में आए तनाव को कम करना चाहती थीं। विजय के लौट जाने के बाद बड़े भैया मुझसे बोले न थे। मैं प्रायः अपने कमरे में पड़ी-पड़ी कुछ पढ़ा करती और असम्भव स्वप्न गढ़ा करती। ऊब जाती तो नीचे उतरकर झील के पास जा बैठती और पानी में कंकड़ियाँ फेंका करती।

पिकनिक में खूब खाना-पीना हुआ, बच्चे ग्रामोफ़ोन बजाने लगे और भाभी वृक्षों की छाँह में आराम करने लगीं। मैंने एक हरी टहनी तोड़ ली और उसे हिलाती, अपने में कुछ सोचती, गुनगुनाती एक पगडंडी पर चल पड़ी। अनजान रास्तों पर चलने का मुझमें बहुत मोह है। वह पगडंडी कहाँ जाकर निकलेगी, इसी आग्रह को लिए मैं चली जा रही थी, इस बात का ज्ञान लिए कि मेरे खुले अंगों पर हल्की धूप बहुत मधुर लग रही है, मेरी साँसों में हरे-भरे वृक्षों की सुगन्ध है और मेरे ऊपर लम्बे-लम्बे पेड़ों की पत्तियाँ हिलतीं-डुलतीं अपने वार्तालाप में मग्न हैं। उस समय मुझे किसी भी चीज़ ने तंग नहीं किया। नीचे उतरते हुए साड़ी एक बार भी पैरों में नहीं उलझी, जूड़े का एक भी काँटा गरदन में नहीं चुभा, आँचल कन्धों से बाँह पर नहीं ढलका, उस ऊबड़-खाबड़ पहाड़ी पगडंडी पर मेरा पैर एक बार भी नहीं लड़खड़ाया। प्रत्येक क्षण और प्रत्येक श्वास के साथ पूर्ण रूप से जीवित मैं उस राह पर बढ़ती गई। ज़िन्दगी अपने आँचल में मेरे लिए क्या छिपाए है, यह न जानते हुए भी लगा कि एक रंगीन और झिलमिलाती दुनिया मेरा आह्वान कर रही है।...पर मैंने पगडंडी को बीच में ही छोड़ दिया, क्योंकि अचानक ही आस-पास की जगह बड़ी पहचानी-सी लगने लगी थी। मैं उधर ही मुड़ गई और कुछ देर बाद डॉक्टर कुमार के घर के सामने खड़ी थी। गेट बन्द था और अन्दर शान्ति। गेट के खम्भे पर, सफ़ेद पत्थर पर काले अक्षरों से उनका नाम लिखा हुआ था। मैं गेट की नुकीली छड़ों पर हाथ टिकाकर खड़ी हो गई।

मुझे एक बार फिर एक बड़ी ही दृढ़, अडिग भावना ने अभिभूत कर दिया। लगा कि मैं जीवन के उस मोड़ पर खड़ी हूँ, जहाँ से फिर लौट नहीं सकती। उस छोटे-से क्षण में मैं बहुत बड़ी हो गई, मैं स्वयं मुड़कर उस लड़की को देख सकती थी, जो

हाथ में हरी टहनी पकड़े, गुनगुनाती हुई 'टिफ़िन टाप' से नीचे उतर रही थी। उसे जीवन में बहुत कुछ, सभी-कुछ मिला था। बन्धु-बान्धवों का स्नेह, रूप, धन, यौवन, सभी इच्छित वस्तुओं से परिपूर्ण वह कुछ देर पहले निरुद्देश्य ही चल पड़ी थी। उस क्षण मैंने सम्बन्धियों के स्नेह-बन्धन एक झटके से तोड़ डाले; तेईस वर्षों के जीवन का सारा सुख इस क्षण पर वार दिया। भगवान पर मैं विश्वास नहीं करती, कभी मन्दिर में गई हूँ, यह याद नहीं पड़ता; पर श्रद्धा और विश्वास से नत भक्त को मन्दिर की पहली सीढ़ी पर पैर रखते हुए कैसा लगता होगा, यह उस बन्द द्वार के आगे खड़े-खड़े मैंने जान लिया! अपनी भावनाओं की गहराई से मैं स्वयं काँप उठी, पर उस क्षण का सुख मेरा था।...

लाइब्रेरी में मेरी मेज़ पर कितनी धूल जमी हुई थी। मैंने उसे साफ़ कराया, किताबों की लम्बी-सी लिस्ट बुकलिफ्टर को लाने को दी और खिड़की से बाहर देखने लगी। वर्षा के कारण यूनिवर्सिटी के लॉन कितने गहरे हो गए थे! किनारे-किनारे फूलते हुए केनों का रंग उस हरी पृष्ठभूमि में और भी सुन्दर लग रहा था। लाइब्रेरी के पास लगी मालती फूलों के भार से झुकी थी, और कुछ नई लड़कियाँ सहमी-सी लाइब्रेरी के बाहर खड़ी थीं। घिरे हुए बादलों के कारण वातावरण कुछ उदास, बोझिल-सा था जिसमें उन लड़कियों की चटक पीली और गुलाबी साड़ियाँ बड़ी प्यारी लगीं। मैं कुछ देर उस समूह को देखती रही। एक ढीठ लड़की काउंटर पर खड़े स्मार्ट-से छात्र को तिरछी आँखों से देख रही थी। मैं खिड़की से हट आई और अपनी कुर्सी पर बैठ गई। खुली हुई, ऊपर की मंज़िल की खिड़की से गुलमोहर के पेड़ों की फुनगियाँ दिखाई दे रही थीं, धीरे-धीरे हिलती हुईं। बाक़ी सब शान्त था, नीरव। रिसर्च-रूम में भी मेरे अतिरिक्त कोई न था। मैं अनायास ही उदास हो आई और अपने सामने खुले कोरे काग़ज़ों पर आड़ी-तिरछी रेखाएँ खींचने लगी। बाहर बादल बरसने लगे और पानी से लथपथ श्यामा हँसती हुई रिसर्च-रूम में आ गई।

उसके बाद सभी आ पहुँचे—वे भूले हुए चेहरे, जो मेरे साथी थे। पर मैं उनसे कितनी दूर हो गई थी! बातें होने लगीं छुट्टियों की। मैंने नैनीताल में कितने नए प्रशंसक बटोरे, इस पर हास-परिहास हुआ।

"तुम तो डॉक्टर कुमार से मिली होगी?" श्यामा ने पूछा।

"हाँ, मिली थी।" इससे अधिक मैं और कुछ न कह सकी।

नीचे से मेरी किताबें आ गईं और मैं उन्हें तरतीबवार रखने लगी। मेरे आसपास खड़े होकर लोग अभी भी बातें कर रहे थे, पर मैं अचानक ही उनसे कट गई थी। अब शायद उन बातों में मुझे कभी रस नहीं आएगा।

मैं लाइब्रेरी कैफ़े में पहुँची तो वहाँ सभी थे। दीक्षित, धीरेन्द्र, श्यामा आदि। स्टड ने दो कॉफ़ी का ऑर्डर दे दिया और मैं मेज़ पर कोहनियाँ टिकाकर बैठ गई।

"तुम्हारी ही प्रतीक्षा थी। हम लोगों ने एक प्रोग्राम बनाया है बोटिंग का। गंगा में आजकल बहुत पानी है।" धीरेन्द्र ने कहा।

स्टड की आँखों में चमक आ गई। वह आशा-भरे नेत्रों से मेरी ओर देखने लगा।

"नहीं, धीरेन्द्र मैं तो न जा सकूँगी। परसों डॉक्टर कुमार से मिलना है और इस सप्ताह मैं कुछ भी नहीं कर पाई हूँ।"

मेरे इस उत्तर से धीरेन्द्र हतप्रभ हो गया। दीक्षित ने कहा, "क्या बात है? इस साल तुम बड़ी लगन से काम में लगी हो? हमारे लिए तुम्हारे पास समय ही नहीं रहता!"

"जो डॉक्टर कुमार के गाइडेंस में रिसर्च नहीं करते, वे यह नहीं समझ सकते।" मेरे स्वर में दीक्षित के प्रति नितान्त उपेक्षा थी।

"मुझे तो लगता है कि डॉक्टर कुमार की विद्वत्ता से अधिक तुम उनके व्यक्तित्व से प्रभावित हो!"

"डोंट बी सिली! जो कुछ डॉक्टर कुमार से मैंने सीखा है, उसकी तुम कल्पना भी नहीं कर सकते, क्योंकि तुम तो जड़ हो, तुम्हारे अस्तित्व का स्तर कीड़े-मकोड़ों से अधिक ऊँचा नहीं..."

मैं एक झटके से उठी और कैफ़े से बाहर आ गई। स्टड मेरे पीछे-पीछे आया। मैं क्रोध से काँप रही थी। ऐसा आक्षेप करने का दीक्षित को साहस ही कैसे हुआ? मैं डॉक्टर कुमार को प्यार नहीं करती। यह शब्द बहुत ही संकुचित है। उनके लिए जो कुछ मेरे हृदय में है, वह बहुत अधिक व्यापक, बहुत विस्तृत, बहुत गहरा है।

"मुझे कोई नहीं समझता, कोई नहीं!" मैंने स्टड से कहा। स्टड मुझे जिस सहानुभूति से देख रहा था, उससे मेरे मन का अवरुद्ध बाँध खुल गया।

"क्या यह अनिवार्य है कि एक पुरुष और स्त्री में एक ही प्रकार का सम्बन्ध हों? डॉक्टर कुमार मेरे जीवन में नए आयाम लाए हैं। उन्होंने जीवन के प्रति मुझे नई दृष्टि दी है। मुझे एकाएक ही लगने लगा कि मेरा जीवन कितना खोखला और बेमानी-सा था, यों ही निरर्थक, खोया हुआ-सा। मैं ऐसे प्राणी की तरह हूँ, जो एक बार पीड़ा की गहराई में डूब चुका हो, और फिर ऊपर आने के बाद उसे सब बड़ा ही कृत्रिम लगता है।"

मुझे एकाएक लगा कि व्यर्थ ही स्टड को उबा रही हूँ। मैं चुप हो गई, पर मेरी आँखों में आँसुओं की परत उतर आई।

मुझे लगता है कि मैं मात्र भटकन हूँ, इस अवास्तविक लगनेवाले मायाजाल से निकल भागने को आकुल–मैं, मैं जो हूँ, वह मेरे शरीर में जन्मा नया कोई अपरिचित है। उसमें तपस्वी की भाँति एकाग्रता है, एक गूढ़ लीनता है। प्रत्येक विचार, प्रत्येक प्रश्वास का केन्द्र एक है।

भाभी का मुख मुझे दूर, बहुत दूर लगता है। स्टड, धीरेन्द्र बहुत पहले स्वप्न में

देखे धूमिल चेहरों-से लगते हैं...फिर मेरी आँखों के आगे से कोहरा हट जाता है और स्टड के मुख पर कुछ परेशानी-सी आती है, धीरेन्द्र मेरी मेज़ के पास आकर खड़ा हो जाता है, श्यामा अपनी जगह बैठी-बैठी मुझे ताकती रहती है। लाइब्रेरी में पंखे घर्र-घर्र करते हुए चलते हैं, तेज़ बत्तियाँ जलती हैं, कभी-कभी बादल बरसकर फूलों की पंखुरियाँ बिखरा जाते हैं, दीवारों में नमी आती जाती है, और किताबों के अम्बार से, विचित्र गीली-गीली महक आती है, और मैं, खो-सी जाती हूँ।

उस बुध को बहुत ही उत्फुल्लित मैं उनसे मिलने गई थी। वह शायद क्लास ले रहे थे और मैं बाहर खड़ी हुई बरामदे में पत्थर से तराशे हुए कमल के फूलों को देख रही थी। एक सप्ताह पहले मैंने दूसरा अध्याय लिखकर उन्हें दिया था, उसी को लेने आई हुई थी। कमल के फूलों को देखते-देखते उकता गई तो मैं अनार के वृक्ष के पास जाकर एक लाल फूल को तोड़ लाई और उसे अँगुलियों में नचाने लगी। चपरासी ने बाहर झाँका और मुझसे कहा, "चलिए, साहब बुला रहे हैं।"

उनकी कठोर मुद्रा देख मेरी मुस्कान खो गई और मैं सशंक उन्हें देखने लगी। उन्होंने मेरे लिखे पृष्ठ मेरी ओर खिसका दिए और कहा, "तुम्हारी रुचि इस ओर नहीं है तो मैं राय दूँगा कि तुम रिसर्च छोड़ दो।"

मैं हत्‌बुद्धि उन्हें देखती रह गई। कुछ देर बाद जब मैं कमरे से बाहर निकली तो मेरे हाथ काँप रहे थे और आँसू-भरी आँखों की दृष्टि धुँधली पड़ गई थी। मैं उनके कमरे के पीछे की सीढ़ियों पर बैठ गई और हथेली आँखों पर रख ली। उनके इस अकारण क्रोध ने मेरा सारा ज्ञान हर लिया था। उनकी इस प्रताड़ना ने मेरे मन को कितना आहत किया है, वह नहीं जान सकेंगे। मेरे हाथ से खिसककर पृष्ठ नीचे गिर गए थे। उन्हें झुककर समेटते हुए मेरी दृष्टि मार्जिन में लगे गहरे निशानों पर पड़ी। अनार के फूल वैसे ही लाल थे, पर मेरी सारी खुशी कहीं डूब गई थी।

मैं बार-बार उन पृष्ठों को उलटती, पर समझ न पाती कि डॉक्टर कुमार इतने अधिक नाराज़ क्यों हो गए? श्यामा के प्रति वह बहुत उदार हैं। कभी मेरी ग़लतियों को भी उन्होंने बहुत ही अच्छी तरह समझाया था। मेरी रुचि इस ओर नहीं है, ऐसा वह कैसे कह सके? इधर मैं कितना श्रम कर रही थी, मेरा हारा-थका शरीर ही जानता था। मैं इसी उलझन में फँसी रही। कभी-कभी रो पड़ती और स्वयं ही आँसू पोंछ लेती।

मेरी शब्दावली में कुछ शब्द नए अर्थ लेकर आए थे। प्लेज़र और पेन, यह सुख और यह पीड़ा, मैंने पहले कहाँ जानी थी?...डिपार्टमेंट के किसी भी समारोह में एकत्रित जन-समूह को पार कर, अचानक उनकी दृष्टि का मुझसे मिल जाना और अपनापन लिए उनका हल्के से मुस्करा देना...किसी से यह सुनना कि डॉक्टर कुमार ने मेरे लिखे चैप्टर की प्रशंसा की है, मुझे सुख के चरम शिखर तक पहुँचा देता...

उनके घर जाती और वहाँ पता चलता कि वह कहीं बाहर गए हैं...उनसे कुछ पूछना होता और चपरासी से पता लगता कि वह अभी क्लास ले रहे हैं, और उसके बाद फैकल्टी की मीटिंग में जाएँगे, मेरे लिए सूरज एकाएक ही ढल जाता। जीवन की उपलब्धियाँ कितनी बदल गई थीं...प्रत्येक अनुभव का नया दृष्टिकोण, प्रत्येक संवेदना में एक पैनापन... मैं जैसे एक फूल थी जिसकी पंखुरियों का रंग अनायास ही चटक हो आया हो...मुझे यह सब उन्होंने दिया था और मैं उनके प्रति आभारी थी।

और तभी मिसेज़ कुमार ने मुझे बुला भेजा। डॉक्टर कुमार के सम्मुख कैसे पड़ सकूँगी, मैं यही सोचती रही। क्या मैं फिर न रो पड़ूँगी? पर मिसेज़ कुमार के निमन्त्रण की अवहेलना करना मुझसे न हुआ। वह सदा की तरह बड़े स्नेह से मुझसे मिलीं और बोलीं, ''आज विनय का जन्मदिन है। पन्द्रह साल का हो गया। वह बोर्डिंग में है। फिर भी कुछ किए बिना मन नहीं मानता। चलो, तुम मिठाई खा लो। डॉक्टर साहब से सुबह ही कहा था कि तुम्हें बुलवा दें। उन्होंने कहा कि वह मुझसे बहुत नाराज़ हैं, नहीं आएँगी।'' फिर वह कुछ हँसकर बोलीं, ''तुम पर डॉक्टर साहब बहुत बिगड़ गए थे? घर आकर बहुत पछताते रहे। मन-ही-मन बहुत बुरा लगता रहा। क्या करें, तबीयत ही ठीक नहीं रहती। सिर का दर्द ऐसा लगा है कि जड़ से जाता ही नहीं। इतना कहती हूँ कि छुट्टी ले लो, सुनते ही नहीं।''

''तबीयत ठीक नहीं रहती क्या?'' मैंने पूछा।

''एकदम पीले तो पड़ते जा रहे हैं। काम भी तो इतना है, फिर स्वभाव ऐसा है कि हरेक की चिन्ता रहती है। तुम कई दिन तक नहीं आतीं, तो वह पूछने लगते हैं। उस दिन लौटकर बोले, 'मैं बेकार उस पर इतना नाराज़ हो गया। वह रो पड़ी तो मुझे बहुत बुरा लगा।' मैंने कहा, 'आपको ऐसा नहीं करना चाहिए था, वह कितने दुलार से पाली गई है'!'' मेरा रोम-रोम सजग हो, उनकी बात सुन रहा था। वह कहती गईं, ''बोले, इतनी इंटेलीजेंट है, पर मन लगाकर पढ़ेगी नहीं। लड़कों के साथ घूमेगी। लोग तरह-तरह की बातें करते हैं। मेरे विभाग की किसी लड़की को ऐसा कहा जाए, यह मुझे सह्य नहीं।...अच्छा सच, तुम्हें बहुत बुरी लग गई थीं उनकी बातें?''

''उस वक़्त तो मुझे रुलाई आ गई थी, पर डॉक्टर साहब की बातों का बुरा मानने का प्रश्न ही नहीं उठता, वह मेरे श्रद्धेय हैं।''

''उस रात तुम पार्टी में गई थीं। छह-सात लड़के थे और तुम थीं। उन्होंने भी देखा था, उसी पर नाराज़ थे।''

तब मैं समझी! जाने से पहले स्टड ने पार्टी दी थी। मुझे बहुत आग्रह से बुलाया था। अगले दिन बुध था और मेरा मन बहुत हल्का और बहुत उत्कंठित था। बहुत दिन बाद मैं इतने चाव से तैयार होकर कहीं गई थी। हम लोग बहुत हँसे थे, बहुत बातें की थीं और बहुत देर तक वहाँ बैठे रहे थे। पर मेरे उल्लास का स्रोत वह न था, वह तो केवल उसकी अभिव्यक्ति थी।

"इन सब बातों का ख़याल रखा करो," मिसेज़ कुमार ने मुझे प्यार से समझाया। तभी बाहर कार रुकी और डॉक्टर कुमार अन्दर आए। एक पल ठिठके। मैं उठकर खड़ी हो गई और उन्हें नमस्कार किया।

"इतनी मुश्किल से मना पाया है," मिसेज़ कुमार ने मेरी ओर देख, हँसकर कहा। डॉक्टर कुमार मुस्कराए और अपने कमरे की ओर चले गए। उस मुस्कान ने मुझे एक बड़ी मीठी दासता के पाश में बाँध लिया। हृदय और चित्त पर पड़ा गहरा मालिन्य एकाएक कच्चे रंग की तरह धुल गया और मैं अपने को बहुत हल्का-फुल्का अनुभव करने लगी।

वर्षान्त। आकाश में सफ़ेद बादलों की चहल-पहल। हवा में शरद के आगमन का प्रथम सन्देश। मैं किताब खोले पेंसिल दाँतों से चबाती उन्मन बैठी रहती। जीवन के सारे दीपक जैसे एक साथ ही बुझ गए थे, और मैं उस निविड़ अन्धकार में डूब गई थी।

पुत्र-जन्मोत्सव पर बड़ी भाभी ने मुझे बम्बई बुलाया। बड़े भैया ने विजयवाली बात के लिए मुझे अभी भी क्षमा न किया था। नगर से बाहर जाने के लिए मुझे डॉक्टर कुमार की आज्ञा लेनी थी। पिछले कुछ सप्ताह से वह छुट्टी पर थे, जिससे उनसे मिलने का क्रम भी टूट गया था। मैं उनसे मिलने घर गई तो वह इतने पीले और शक्तिहीन लग रहे थे कि मैं धक्-से रह गई। वह मुझे अनायास आया देख विस्मित हुए।

"तुम? नीलांजना?" उनकी स्वागत की मुस्कान में बड़ी दुर्बलता थी, पर उनकी आँखें सदा की तरह दिप उठीं।

मैं उनके पास पड़ी कुर्सी पर बैठ गई। कुछ देर वह मुझे देखते रहे। फिर उन्होंने पूछा, "कुछ पढ़-लिख रही हो?"

"इधर मन बड़ा अस्थिर रहा। सुव्यवस्थित रीति से कुछ भी नहीं कर पाई।"

उन्होंने धीरे से कहा, "तुमसे मुझे बड़ी आशाएँ हैं। तुम काम में लगी रहना।"

मैंने उन्हें अपने आने का प्रयोजन बताया। इतनी-सी ही बात करने में वह थक-से गए। उनकी पलकें नीचे झँप आईं और वह बहुत देर मौन बैठे रहे। फिर उन्होंने आँखें खोलकर मुझे देखा और कहा, "अच्छा है, चली जाओ। जल्दी ही लौटोगी न?" वह जैसे पीड़ा की गहराइयों में भटक गए थे। मैं पलकें नीचे किए, विकल हो अपनी अँगूठी उतारने-चढ़ाने लगी। मैं उनसे विदा लेने के लिए उठी तो मेरे बहुत मना करने पर भी वह बाहर तक पहुँचाने आए।

बम्बई में भैया के घर पर बड़ी चहल-पहल थी। तमाम सम्बन्धी आए हुए थे, क्योंकि कई लड़कियों के बाद वह पहला पुत्र हुआ था। उस भीड़-भाड़ में मैंने

अपने को सायास डुबो दिया। पर उस कोलाहल के बीच भी पार्थक्य की तीव्र भावना मुझे उद्विग्न करती रहती। नई स्पोर्ट्स कार लिए विजय की सरगरमी पर मुझे अब हँसी भी न आती। बड़ी भाभी मुझे जड़ाऊ हार देना चाहती थीं और जिस दिन श्यामा का पत्र आया, उस दिन तैयार हो मैं हार पसन्द करने जा रही थी। मैं कपड़े पहनकर बाहर निकली तो मेज़ पर उसका पत्र पड़ा था। बिना किसी लम्बी भूमिका के उसने लिखा था, डॉक्टर कुमार को डॉक्टरों ने ब्रेन ट्यूमर बताया है। अभी तो वह बम्बई जा रहे हैं, बाद में यदि हुआ तो कहीं और जाना पड़ेगा।

मैंने उन पंक्तियों को बार-बार पढ़ा। भय जैसे एक तरल पदार्थ था, जिसे मैं अपनी शिराओं में घुलते, अपने रोमों में भिदते अनुभव कर रही थी। मेरी भिंची हुई मुट्ठी में काग़ज़ का कड़ापन, मेरी साड़ी पकड़कर खींचती, हठ करती रुचि, "बुआ, हमें भी ले चलो! हम भी चलेंगे, बुआ!"

उस क्षण मैं अपूर्व दृष्टिवान हो गई और भविष्य में क्या है, यह मैंने स्पष्ट रूप से देख लिया।

मैं उन्हें देखकर सिहर उठी। उनके इर्द-गिर्द कैसी भयावह छायाएँ डोल रही थीं। तीव्र पीड़ा के कारण निचुड़ा हुआ चेहरा, उनकी मुँदी हुई पलकें मैं निश्चल खड़ी देखती रही और आशंका की निर्मम उँगलियों ने मेरी आशा और विश्वास को नोंचकर फेंक दिया।

मिसेज़ कुमार फूट-फूटकर रो रही थीं। उन्हें तो सबकुछ मिला था...उनके जीवन के इतने वर्ष...उनका पुत्र...वह रो रही थीं और मैं चुप थी। लोग उन्हें धैर्य बँधा रहे थे और मैं देख रही थी।

काग़ज़ के उस भूरे पैकेट को मैंने खोला। मुझमें जिज्ञासा नहीं, कोई भी भाव नहीं, केवल अन्तरात्मा तक भिद गई उदासीनता। काग़ज़ फटने की चर्र... और एक नई किताब मेरे हाथों में है। मैंने उसका शीर्षक पढ़ा और मेरे एकाएक निर्जीव हो आए हाथों में वह थमी रह गई।

पर मैं रोऊँगी नहीं। यह कैसी अपूर्व शान्ति मेरे ऊपर छा गई है, यह कैसी परितृप्ति का बोध! मैं किताब हाथ में लिए उजली धूप में बैठी हूँ। उसका समर्पण का पृष्ठ मेरे सामने खुला है–'टु दैट अदर वन (उस दूसरी को)!' अक्षर कहते हैं। और एक मृदु दृष्टि बार-बार मुझसे कह रही है–तुम, नीलांजना, तुम ही तो थीं वह दूसरी!

झूठा दर्पण

अमृता ने दोनों किताबें भूरे काग़ज़ में लपेटकर बाँध दीं। डोरी में गाँठ लगाते हुए उसके हाथ ठिठक गए और उसकी दृष्टि ख़ाली कमरे को पार कर, दूर देख उठी। सघन अशोक वृक्षों की टहनियाँ काँप रही थीं और हवा के हर झोंके पर दो-एक पीले कनेर नीचे गिर जाते थे। बाहर बैठा हुआ बढ़ई लकड़ी की पेटियों में, सधे हुए हाथों से आख़िरी कील ठोंक रहा था। ममी शायद इन पेटियों को उस कमरे में रखवा दें, जहाँ फ़ालतू सामान भरा हुआ है। धीरे-धीरे सीलन उनमें भिदती जाएगी और बन्द किताबों के पृष्ठ अपने-आप पीले पड़ते जाएँगे। उस कमरे में विगत वैभव के कितने ही प्रतीक थे। बाबा के हाथ का हौदा, महफिल में बिछनेवाली दरियाँ, रंगमहल के झाड़-फ़ानूस, उसके साथ आदित्य का टूटा स्टेथेस्कोप, और अब—अमृता की किताबें।

अमृता ने काग़ज़ खोलकर एक बार फिर उन किताबों को उलटा-पलटा। कितनी ही कड़वी-मीठी स्मृतियाँ उनसे सम्बन्धित हैं।

बिबिया का सारे कुशन, कार्पेट, इकट्ठे कर उन पर बैठ जाना, यति का पैर फैलाकर सेटी पर लेटना और खिड़की के सींखचे पकड़कर बेम्बी का मीरा की गोद में उछलना—अब यह घटनाएँ स्मृति में अंकित होकर रह जाएँगी। अवकाश के क्षणों में अमृता जब कभी यह याद करेगी तो उसे यह चेहरे उतने ही धूमिल से लगेंगे जितना धूमिल आज कुँवर का चेहरा है। पिछले कई दिनों से उसने बार-बार कुँवर की मुखाकृति याद करना चाही है; पर वह पकड़ में न आकर अलग ही रही है, मात्र छाया।

सुबह-सुबह ही सत्यभामाजी का फ़ोन आया था। हँसकर बोली थीं, "तुम्हारा ही काम करने जा रही हूँ। परसों शाम के लिए तुम्हारे लिए फूलों के आभूषण बनवाने हैं। इन लोगों के यहाँ नई बहू को पहली रात फूलों के गहने पहनाने का चलन है।"

अमृता ने रिसीवर रख दिया। उसे लग रहा था कि सत्यभामाजी किसी और की बात कर रही हैं। यह भीड़-भाड़ और चहल-पहल किसी और के निमित्त है। अमृता तो अलग-थलग है। वह तो स्मृतियों की गहराइयों में डूबकर रह गई है, सम्वेदनाओं की गोधूलि में भटक रही है...।

सत्यभामाजी ने पार्टी दी थी, कोई खास बात न थी, बस ऐसे ही, जिसमें ऊबे हुए पुरुषों ने बिजनेस, ब्रिज और क्लब की बात की थी, सजी-सँवरी स्त्रियों ने एक-दूसरे की साड़ियों के दाम भाँपने की चेष्टा की थी, छिटपुट बातें और अनुपस्थित लोगों की निन्दा की थी। अमृता ममी के चलने की प्रतीक्षा में थी। सत्यभामाजी ने आकर कहा, "यह कुँवर हैं मीनू–मेरे देवर लगते हैं।"

अमृता ने बिना किसी रुचि के कुँवर के नमस्कार का जवाब दे दिया। नए व्यक्तियों से परिचय उसे बड़ा ही उबानेवाला लगता था; और उतने ही उबानेवाले वह प्रारम्भिक प्रश्न–

अमृता को लगातार उद्यान की ओर देखते हुए कुँवर ने पूछा, "आप गार्डनिंग में रुचि रखती हैं?"

"जी नहीं!" उससे भी कुछ अपेक्षित है यह अनुभव कर अमृता ने पूछा, "आप?"

"थोड़ा बहुत," कुँवर ने उत्तर दिया। अमृता ने सोचा कि उसे बताए कि वह आजकल एक नई भाषा पढ़ रही है। पर यति का ध्यान आते ही उसके अन्दर दीप-सा जल उठा; तभी ममी आईं। कुँवर को अमृता के पास खड़ा देख वह मुस्कराईं, और रास्ते-भर कुछ सोच-सोचकर मुस्कराती रहीं।

उसके बाद कई बार, कुँवर दिल्ली आया और हर बार सत्यभामाजी ने अमृता को बुलाया, पर वह नहीं गई।

और, कल का दिन और उसके बाद का दिन और फिर एक के बाद कितने ही दिन...जीवन–

कुँवर का चेहरा यदि स्पष्ट भी होता तो क्या होता–कुँवर को अच्छी तरह जानती होती तब भी उसके अन्दर यही डूबती-सी भावना होती; क्योंकि किताबों की पेटियों में कीलें ठुकतीं और बिबिया, यति, मीरा और बेम्बी सभी को छोड़ना पड़ता।

किचनर रोड की कोठी में इस समय बड़ी चहल-पहल होगी। डैडी ड्रेसिंग गाउन पहने, हाथ में सिगरेट का टिन पकड़े इन्तज़ाम कराते घूम रहे होंगे। बल्लीमाराँवाली मौसी सपरिवार सुबह से ही आ गई होंगी और ममी से उनकी चखचख आरम्भ हो गई होगी। उसी भीड़-भाड़ में सुन्दरनगरवाली बुआ का ड्राइवर रुकमन से फ्लर्ट कर रहा होगा। सम्बन्धियों के मन में बड़ा उत्साह है अमृता के विवाह का, और इस अवसर पर कई बरस से अलग रहते ममी और डैडी भी इकट्ठे हो गए हैं। दोनों को एक-दूसरे पर विश्वास नहीं, फिर भी राय पूछे बिना काम नहीं चलता। अभी डैडी का अधिक-से-अधिक धन ख़र्च करवाने पर तुली हुई हैं। डैडी के आनाकानी करने पर ख़ानदान में हुई अन्य शादियों का हवाला देने लगती हैं। सब अपने में व्यस्त हैं और सत्यभामाजी चकरघिन्नी की तरह दोनों परिवारों के बीच नाच रही हैं। विवाह में सहूलियत हो, इसलिए कुँवर के परिवारवाले भी दिल्ली आ गए हैं और इसलिए सत्यभामाजी की पोज़ीशन बड़ी महत्त्वपूर्ण हो गई है। कुँवर उनका देवर, अमृता उनके

बिज़नेस-पार्टनर की लड़की। बीच-बीच में ममी से भी खुसफुस : "अरे घबराती क्यों हो, इतना मिलेगा अमृता को कि देखनेवालों की आँखें चौंधिया जाएँगी।"

और, अमृता को अपनी कॉटेज़ याद आती है। वह जाड़े की रातें जब हल्के पीले सेट में रुकमन सबको कॉफ़ी देती थी, खिड़की के पास बेम्बी को थामे बैठी मीरा, अमृता और यति को कौतुक-भरी आँखों से देखती हुई। कुशन को तोड़-मरोड़कर सिर के नीचे लगाकर यति सेटी पर लेट जाता था। उसके पैर बाहर निकले रहते थे, और उसी तरह बड़े आराम से लेटे-लेटे किताब पढ़कर अमृता को शब्दों का उच्चारण और अर्थ बताता जाता और वह कॉपी में लिखती जाती। बिबिया मौक़ा पाकर बुक-शेल्फ़ से किताबें निकालकर भूमि पर पटकने लगती।

"नहीं बिबिया," अमृता के मना करने पर वह दुष्टतापूर्वक हँसती और फिर मेज़पोश खींच लेती और मेज़ पर रखा मनीप्लांट का ताँबे का गमला नीचे आ गिरता।

"मीरा, तुम बिबिया को ज़रा भी नहीं देख सकतीं! देखो कितना उत्पात करती है!" यति चीख़ता और जब तक अमृता उठे बिबिया भागकर कबाड़ में छिप जाती।

अमृता ने उखड़ आए मनीप्लांट को फिर से मिट्टी में खोंसा और मेज़पोश बिछाकर गमला रखा। अमृता कितनी नफ़ासतपसन्द है। उसकी हर वस्तु अपने स्थान पर सजी रखी रहती है। बिबिया के उत्पात से उसके मन में खीझ अवश्य होती होगी, यह जानकर यति ने कहा, "इस लड़की ने न जाने किसकी विध्वंसात्मक प्रवृत्ति पाई है।"

"तुम्हारी, और किसकी?" मीरा ने कुढ़कर कहा।

"बस-बस।" अमृता ने बीचबचाव किया और मीरा बेम्बी को ऊँचा-ऊँचा उछालने लगी।

"पटक दो न ज़मीन पर, अगर इतना गुस्सा आ रहा है।"

"क्या है यति? चुप रहो न! बच्ची है, शैतानी तो करेगी ही। उसमें मीरा पर क्यों बिगड़ रहे हो?" अमृता ने कहा।

पर गृहयुद्ध का सूत्रपात हो जाता। आगे-आगे सोते बेम्बी को कन्धे से लगाए लम्बे क़दम रखता हुआ यति और पीछे मुँह फुलाए मीरा। विमनस्क अमृता खिड़की से उन्हें जाते देखती और एक उसाँस ले वापस लौट आती। ऐसे क्षणों में उसका मस्तिष्क और पीछे चला जाता—चार वर्ष पहले जब मीरा और यतीन्द्र का विवाह नहीं हुआ था।

इस आयु में ममी और डैडी के अलग हो जाने से अमृता के दिल पर खरोंच-सी पड़ गई। अमृता का जब तक विवाह न होगा तब तक वह वैधानिक रूप से अलग न होंगे; यह निर्णय उन्होंने अमृता के कारण ही लिया था। उन दोनों में मतभेद तो सदा रहा, पर उनके अलग हो जाने की कल्पना उसने कभी न की थी। जवान डॉक्टर-पुत्र की मृत्यु के बाद से ममी टूट-सी गई थीं। डैडी अब भी आकर्षक थे और हमेशा चुनकर खूबसूरत सेक्रेटरी रखते थे। यह बात नहीं कि ममी में कोई दोष था;

फिर भी—और अमृता अपने को दोषी ठहराती। यदि वह न होती तो ममी पहले ही डैडी से अलग हो जातीं और जीवन के छिन्न सूत्रों को उसी प्रकार सँवार लेतीं। अब तो उनका जीवन हर प्रकार से रिक्त हो गया था और अमृता के जीवन में अचानक जो दरार पड़ गई उसने उसके विश्वास को तोड़ दिया।

''अमृता, तुम शादी कर लो।'' मीरा ने एक बार कहा था।

''ऐसे सम्बन्धों पर मेरी आस्था नहीं रही, मीरा! विवाह बहुत कुछ माँगता है, मुझमें न कोई चाव बचा है, न अरमान। ऐसे ही रहती आई हूँ—ऐसे ही रहूँगी। अब इस आयु में मुझसे दुलहन नहीं बना जाएगा।'' अमृता थोड़ा-सा हँसी।

''अपने को ही देखो—क्या तुम्हारे वह रुपहले-सुनहले स्वप्न बदरंग नहीं हो गए! बिबिया, बेम्बी, नई-नई परेशानियाँ, गिरता हुआ स्वास्थ्य और तुम्हारे ही शब्दों में यति-सा कुतर्की पति।''

मीरा एक क्षण को चुप हो गई।

''तू ज़िन्दगी को एक झूठे दर्पण में देख रही है, अमृता। यह आवश्यक नहीं कि जो ममी और डैडी में हुआ, वही तेरे साथ हो। और रहे मेरे स्वप्न, मेरा ही दोष था। मैंने ज़िन्दगी को बहुत रोमांटिक दृष्टि से देखा था। तुझे यति की तरह के व्यक्ति से विवाह करने की आवश्यकता नहीं। किसी ऐसे पुरुष से कर, जो तुझे धन-दौलत और प्रतिष्ठा दे सके। जैसे वह हैं, सत्यभामा के कुँवर।''

''लोहे के उस कारखाने में मैं घुटकर मर जाऊँगी।''

''धन-दौलत में कोई घुटकर नहीं मरता।'' मीरा ने बेम्बी के कपड़े तह करते हुए कहा।

अमृता ने बाँहों से घुटने बाँध लिए, और कहा, ''सच बात तो यह है मीरा, कि अगर यति-सा कोई पुरुष मुझे मिले तो मैं चट से शादी कर लूँ।''

मीरा ने रुककर देखा कि अमृता की बात में कितना परिहास है, पर उसके मुख से वह कुछ अन्दाज़ा न लगा पाई। बात को परिहास के रूप में ही लेते हुए मीरा ने कहा, ''बड़ी आई यतिवाली। यति के साथ चौबीसों घंटे रहना पड़े, तो पता चले।''

माँ से डाँट खाकर बिबिया अमृता के पास भागती है, उसकी गोद में दुबक जाती है। ईवनिंग क्लासेज से थका यति अमृता के कॉटेज़ में चैन पाता है। दो कमरों के घर में हर जगह बेम्बी और बिबिया की चीज़ें बिखरी रहती हैं। पीछे बरामदे में बेम्बी के भींगे महकते नैपकिन। गुसलख़ाने में बच्चों का बाथटब। कमरे के कोने में बच्चों की पैरेम्बुलेटर। बिना बाल सँवारे, बिना कपड़े बदले, मीरा किसी-न-किसी काम से व्यस्त रहती है। कहीं चलने के समय अस्सी रुपए की साड़ी के साथ मीरा छींट का बिना आयरन किया हुआ ब्लाउज़ पहन लेगी। एक गाल पर

पाउडर का धब्बा, बिन्दी टेढ़ी और लिपस्टिक बे-परवाही से लगाए जाने के कारण होंठों की प्राकृतिक रेखा के बाहर फैली हुई। यति के माथे पर शिकन पड़ जाएगी और उसके होंठ भिंच जाएँगे। अमृता भी यह सब देखती है। मीरा को टोकती भी है। ''अरे, अब मैं दो बच्चों की माँ हुई। इन सब बातों की मुझे फुरसत नहीं है,'' मीरा का उत्तर होता है। अकारण मार खाई बिबिया की बाँहें जब उसके गले में होती हैं, यति जब थकी और सिनिकल बात करने लगता है तो अमृता को डर-सा लगता है। क्या मीरा नहीं समझती कि बिबिया कभी बेम्बी को बड़ी बहन का स्नेह न दे सकेगी, कि यति शायद कहीं भटक जाए—बिबिया को अमृता दुलार-पुचकार लेती है, पर यति किसी दिन अकस्मात् भटक जाएगा—दूर हो जाएगा—तब मीरा सीना पीट-पीटकर पुरुष जाति को बुरा-भला कहेगी, अपने वह सब त्याग गिनाएगी जो कि उसने यति के लिए किए थे।

और, विवाह के एक दिन पहले अमृता को कुछ वर्ष पहले की एक रात याद आ गई। वह मीरा के साथ रहती थी और मीरा की शादी नहीं हुई थी। मीरा के कमरे में यति का बड़ा-सा फ़ोटो रखा था। सहज और हँसमुख प्रकृतिवाला यति, जिसकी आँखों में गरमाई थी और बोलने में अजीब-सी अलसता, लम्बा और दुबला, पर साथ ही अपूर्व शक्ति का परिचय देता हुआ।

रुकमन ने मीरा और अमृता की चारपाइयाँ खुले में बिछाई थीं। बिस्तर ओस से गीले थे। अमृता को मीरा के चेहरे का वह भाव नहीं भूलता। मीरा ने कहा, ''हमने निश्चय कर लिया है कि हम इन्हीं छुट्टियों में विवाह कर लेंगे।''

मुलायम तकिए में कोहनी गड़ाए लेटी अमृता मीरा को देखती रही। आँगन के पीछे दीवार की लता सफ़ेद और लाल फूलों के भार से झुक गई थी ओर उनकी सुगन्ध चारों ओर मँडरा रही थी।

''यति का तो कोई भी नहीं। बड़ी बहन ने पाल-पोसकर बड़ा किया। मेरे पेरेंट्स यति को पसन्द नहीं करते। वह कहते हैं कि हमारी बैकग्राउंड भिन्न है। मैंने कभी रुपए की परवाह नहीं की, घर चलाना मुझे नहीं आता। फिर फ़ादर कहते हैं कि विदेशी भाषाएँ पढ़ानेवाले अध्यापक के लिए आगे क्या चांस है? असल में यति जब फ्रांस से लौटा, तो विभाग में कोई जगह न थी। फ्रेंच पढ़ाने की पोस्ट थी, ग्रेड एक ही था, यति ने वही स्वीकार कर ली।'' मीरा के चेहरे का साँवलापन चाँदनी में धुलकर बड़ा लुभावना लगने लगा। ढीले बालों की चोटी का सिरा खोलते-गूँथते मीरा ने कहा, ''मुझे तो अमृता, कभी-कभी बड़ा डर लगता है।'' अमृता को लगा कि इस तरह बैठे-बैठे वह थक गई है। वह लेट गई और खुली बाँहों पर चादर के भीगे ठंडेपन से रोएँ उठ आए।

मीरा सो गई, पर अमृता देर तक जागती रही। यति, मीरा, डैडी और ममी—और

वह कल्पना-मूर्ति जो उसने बचपन से सँजोई थी, अचानक ही स्पष्ट हो गई और उन आँखों की गरमाई बड़ी पहचानी-पहचानी-सी लगने लगी।

अमृता को उपहार में क्या दिया जाए, इस पर मीरा और यति में बहुत बहस हुई थी। बिबिया के रिबन से खेलती अमृता ने उस बहस में कोई हिस्सा नहीं लिया। मीरा उसे प्रेशर-कुकर देना चाहती थी पर यति का कहना था कि वह ऐसी अनरोमैंटिक चीज़ नहीं देगा।

"यह लड़की स्वयं बड़ी अनरोमैंटिक है, नहीं तो जिसे केवल एक बार पार्टी में देखा, उससे विवाह करने को तैयार हो जाती? बड़ी भोली बनती है, बड़ी आज्ञाकारिणी, जो डैडी की इच्छा हो करें! डैडी किसी साधारण-से पुरुष से शादी ठहराते तब हम देखते कि यह कैसे करती?" मीरा के मन में अमृता के प्रति बड़ा आक्रोश था।

"अच्छा तो है, एकाध पंखा, साइकिल और अलमारी वग़ैरा हमें भी मिल जाएगी।" यति ने हँसकर कहा, पर उसकी आँखों में खोयापन-सा था। कुछ परेशानी, कुछ उलझन। अमृता ने एकाएक विवाह की स्वीकृति कैसे दे दी? यह बात यति और मीरा के लिए पहेली-सी बन गई थी। और, अमृता कुछ हताश, कुछ खोई हुई-सी थी। उसे यही मलाल था कि यति भी उसके मन की गाँठ नहीं पकड़ सका। कुँवर से विवाह की स्वीकृति देकर उसने अपने को पूर्ण रूप से अदृश्य पर छोड़ दिया था, और उसकी मनःस्थिति ऐसे प्राणी की-सी थी जो कि अपनी नौका में धीरे-धीरे पानी आता देख रहा हो और फिर भी चुपचाप बैठा हो क्योंकि उसे यह अच्छी तरह पता है कि इससे लड़ना बेकार है। विवाह में क्या उपहार मिलें, कैसी साड़ियाँ ख़रीदी जाएँ, क्या दिया जाए, यह उसने पूर्ण रूप से औरों पर छोड़ दिया था। उसके मन में एक छिपी हुई आशा थी कि शायद यति समझे।

"ऐसे कब तक चलेगा?" अमृता ने यति से पूछा।

"क्या," यति खिड़की के बाहर देख रहा था, मीरा बच्चों को लेकर अपने पिता के पास चली गई थी और अमृता को बिबिया की बहुत याद आ रही थी।

"यही, तुम्हारी नाराज़ी? जाकर मीरा को ले आओ न?" अमृता सेटी के एक किनारे बैठी थी। उसकी गोद में किताब खुली हुई थी, और उसके अनुरोधपूर्ण नेत्र यति पर थे।

"मीरा को क्यों नहीं समझाती?"

"समझाया तो, पर वह तो हठीली है। नहीं मानती। तुम तो वैसे नहीं हो?"

"हूँ! बहुत हठीला हूँ, तुम नहीं जानतीं अमृता, पर मीरा ने मुझे तोड़ दिया है। मेरा विश्वास उठ गया है। मैं अब सोचने लगा हूँ कि यदि मैं किसी अपढ़, निर्धन लड़की से शादी करता तो सुखी रहता। उसके अन्दर वे इच्छाएँ, हसरतें न होतीं जो

मेरे धनाभाव से मीरा के अन्दर घुटकर मर गईं।''

''मीरा ने तुम्हारे लिए बहुत किया है, यति।'' अमृता ने मृदु स्वर में कहा। यति ने झटके से खिड़की पर परदा डाल दिया, फिर उसने पास आकर हाथ से किताब नीचे गिरा दी और नीचे बैठकर अपना मुख अमृता की गोद में छिपा लिया।

अमृता स्तब्ध रह गई। उसकी भीत दृष्टि ने चारों ओर देखा। खिड़कियों पर परदे पड़े थे। द्वार बन्द था। कॉफ़ी देकर रुकमन सोने चली गई थी। उस सन्नाटे में घास में झींगुरों का स्वर बहुत शोर मचाता-सा लगा। यति निश्चल बैठा था, उसके उड़ते हुए बालों की रेखा, उजली-सी गर्दन, और चौड़े कन्धे। अमृता की दृष्टि अचानक ही धुँधली हो आई। यति का स्पर्श पुरुष का स्पर्श न था, एक प्रेमी का भी नहीं, सांत्वना पाने की इच्छुक आहत बिबिया का था, गिरकर रोते हुए बेम्बी का...।

''यति,'' अमृता ने कहा। उसने बड़ी मृदुता से दोनों हाथों से उसका मुख उठाया। उसकी उँगलियाँ भीगकर रह गईं।

यति रो रहा था। अमृता थरथराकर रह गई। ''यति, यह क्यों? यह क्यों यति?'' उसकी उँगली में खारे आँसू थे, यति के आँसू।

''यति, तुम इतने बड़े, इतने क्षमतावान् होकर ऐसा आचरण कर रहे हो!'' अमृता समझ नहीं रही थी कि वह क्या कह रही है। अगर बिबिया होती तो उसे पुचकारकर, चुमकारकर मना लिया जाता। अमृता की दोनों हथेलियाँ यति के बालों पर टिकी थीं, और वह समझाते हुए उससे कुछ कहती जा रही थी। उसकी साँस गले में फँस रही थी और शरीर में बड़ी विचित्र-सी बेकली समाई जा रही थी।

यति थका-हारा-सा उठकर चल दिया। अमृता उसके पीछे-पीछे द्वार तक गई और फिर जाते हुए यति की लम्बी परछाईं देखती रही।

अगली शाम जब यति उसे पढ़ाने आया तो दोनों में से किसी ने गत रात्रि का उल्लेख नहीं किया। पर दोनों ही एक अनुभूत सम्वेदना के साझीदार हो गए थे, और इसी कारण एक-दूसरे के पहले से कहीं अधिक निकट।

अमृता के कई पत्रों के जाने के बाद मीरा लौटी। अमृता उसे लेने स्टेशन गई। मीरा गई थी बड़े गर्व से, पर लौटी वह पराजिता-सी, बहुत विनीत और उदास। बिबिया अमृता से लिपट गई और टैक्सी में लौटते हुए अमृता सोचे हुए भर्त्सना के शब्दों में से कुछ भी न कह सकी।

''यति बड़े खोए-खोए-से रहे,'' अमृता ने कहा। मीरा चुप रही।

उस रात बिबिया अमृता के पास ही सो गई, और यति सदा की तरह, अमृता को फ्रेंच पढ़ाने नहीं आया। वह क्लासेज़ के बाद ही सिनेमा चला गया और लौटा तब तक देर हो गई थी। सोई बिबिया को गोद में लेकर अमृता पहुँचाने गई। कुछ गर्मी-सी होने के कारण सामने का द्वार खुला था। अन्दर कमरे में मीरा के सिरहाने टेबिल लैम्प जल

रहा था और मीरा की चारपाई पर यति बैठा था। अमृता परदे के पीछे ही ठिठककर रुक गई। रोशनी बेम्बी के कोट और मीरा के मुख पर पड़ रही थी। जैसे वह चाँदनी-सी थी जिसमें मीरा के चेहरे का उदास साँवलापन धुलकर निखर आया था। अपने शरीर का भार बाएँ हाथ पर टेक यति बैठा था और दाहिने हाथ की उँगलियों से धीरे-धीरे कभी मीरा की मुलायम लटें, कभी उसका माथा, कभी होंठ छू रहा था।

''ओफ़। बिबिया कितनी भारी थी।'' अमृता उसे बाँहों में थामे लौट आई। उसे अपनी चारपाई पर सुला दिया और स्वयं सेटी पर लेट गई। खुली खिड़की से चमकीले आसमान का एक टुकड़ा दिखाई दे रहा था। अमृता उसी को कभी गीली, कभी सूखी आँखों से ताकती अपनी ज़िन्दगी का पैटर्न बुनती रही।

अमृता तौलिए से भीगे बाल पोंछती स्नानागार से निकली। मीरा उसकी प्रतीक्षा कर रही थी–चंचल, उत्फुल्लित।

''आज कॉलेज नहीं जाओगी?'' उसने पूछा।

''जाऊँगी, फोर्थ पीरियड है।'' अमृता ने कहा। मीरा का उमँगता मुख उसके खोएपन को और गाढ़ा कर रहा था।

''कहो, मेल हो गया?'' उसने तौलिए को झटका देते हुए पूछा।

''अरे अमृता, क्या बताऊँ, कल तो यति बिलकुल...''

''चुप भी रहो मीरा, तुम तो सारी लाज-शर्म घोलकर पी गई हो।''

अमृता एड़ियों पर भार दे मीरा की ओर पीठ कर घूम गई।

''ओहो–तो तुम्हें क्यों लाज लग रही है?''

मीरा खिलखिलाकर हँस पड़ी, वही चार बरस पुरानी हँसी। भीगे तौलिए से अपना मुख फिर पोंछ, अमृता ने मुड़कर मीरा को देखा, नई दुलहनों के चेहरे पर यही प्यार और सुहाग होता होगा। उसने हाथ फैलाकर अपनी उँगलियाँ देखीं और फिर मुट्ठी भींच ली। तौलिया फैलाते हुए उसने कुछ घुटे-से स्वर में कहा, ''तुम्हारी खुशी देखकर बड़ी ईर्ष्या होती है, मीरा। इसीलिए, मैंने डैडी को पत्र लिख दिया है कि मुझे कुँवर से विवाह करने में कोई आपत्ति नहीं।''

अमृता सेटी के किनारे आकर बैठ गई। उसके गीले बालों से पानी की बूँदें रह-रहकर टपक जातीं।

''पर तुम तो कुँवर को जानतीं भी नहीं। अमृता मज़ाक न करो।'' मीरा ने व्यग्र होकर कहा। अमृता चुप रही, उसकी दृष्टि बड़े यत्न से सजाए गए अपने कमरे पर गई और उसके अन्दर कुछ टूटने-सा लगा।

''कुँवर और तुममें क्या साम्य है? तुम इतनी सम्वेदनशील, कलात्मक प्रवृत्ति की और वह लोहे के कारखानों की देखभाल करनेवाले। अमृता, तुम पागल हो गई हो।''

''हाँ, मैं पागल हो गई हूँ। तभी तो अपनी जमी-जमाई ज़िन्दगी को यहाँ से

उखाड़कर दूसरी जगह रोप रही हूँ। बात यह है कि मीरा मैं तुमसे दूर जाना चाहती हूँ, बहुत दूर, जहाँ तुम्हारे चेहरे भूली-सी याद बन जाएँ।''

अमृता अपने बालों से टपकते जल-बिन्दुओं पर दृष्टि जमाए रही। आँखें बार-बार भर आती थीं।

और फिर, जब उसने आँखें उठाकर मीरा को देखा, तो उसे बड़ा उद्विग्न-सा पाया। सुबह की वह खुशी, वह उल्लास विलीन हो गया था। सहसा मीरा ने उसके कन्धों पर हाथ रख दिए और अटककर पूछा, ''क्या मेरी अनुपस्थिति में यति ने...?''

अमृता के चेहरे पर जो भाव दौड़ गया उससे मीरा कुंठित होकर चुप हो आई। फिर उसने बहुत मृदुता से कहा, ''मैं तुम पर या यति पर अविश्वास नहीं कर रही हूँ, अमृता। मुझे हमेशा से यह लगता रहा, जैसे कि वह तुम्हें कुछ-कुछ प्यार-सा करता आया है। तुम्हारे लिए यति के मन में बड़ी टेंडरनेस है। मैं ईर्ष्यालु नहीं हूँ, अमृता। मैं तुमसे यह सब कहती ही नहीं। पर तुम्हारे इस आकस्मिक निश्चय से मैं ऐसी डगमगा गई और मैं कह गई। मेरे इस प्रश्न को भूल जाओ अमृता...''

अमृता ने पलकें मींच लीं, उँगलियों से अपने आँसू पोंछती हुई कुछ भर आए कंठ से बोली, ''मैं विचित्र उलझन में फँसी हुई हूँ। मैं स्वयं नहीं जानती कि मैंने ऐसा क्यों किया।''

''झूठी, झूठी।'' उसकी समस्त चेतना विद्रोह कर उठी। पर मीरा के चेहरे से हैरत का जाल हट गया।

कौन जानता था कि हमेशा के सुस्त डैडी इस बार इतनी फुर्ती दिखाएँगे। सब बातें तय हो गईं। शादी की तारीख निकल आई। निमन्त्रण-पत्र बँट गए और अमृता अपने में ही डूबी रही। उसने किसी चीज़ में रुचि न ली। कॉटेज़ वह तभी छोड़कर चली आई थी और डैडी के साथ रहने लगी, क्योंकि वहाँ सभी प्रकार की सुविधा थी।

मीरा अस्वस्थ थी और डॉक्टर ने इस बार उसे आरम्भ से ही बहुत सावधान रहने की चेतावनी दे दी थी। यति कभी-कभी दो-चार मिनट को आ जाता और कभी अमृता से साथ चलने के लिए आग्रह भी करता। पर अमृता नहीं गई। यति के नेत्रों की आकुलता उससे छिपी न थी। यति के पूछने पर वह क्या उत्तर देगी?

वह यति को कैसे समझा सकेगी कि कुँवर से विवाह करने के मूल में कौन-सी प्रेरक घटना थी?

दो-तीन दिन पहले यति प्रेशर-कूकर दे गया था।

''बिबिया तुम्हें बहुत याद करती है,'' यति ने कहा।

''मुझे भी उसकी बहुत याद आती है।'' अमृता को एकाएक लगा कि वह बिबिया की बात नहीं कर रहे हैं।

"यह तो मीरा की ओर से है। मैं तुम्हारे लिए कुछ और दूँगा; ढूँढ़ रहा हूँ।"

अमृता चुप रही। उसके जाने के बाद ममी और बल्लीमाराँवाली मौसी आकर इस बात पर विवाद करने लगीं कि बरात के आगमन के समय अमृता को कौन-सा जोड़ा पहनाया जाए।

'मुझसे दुलहन नहीं बना जाएगा,' अमृता ने चाहा कि चीख़कर कह दे, पर अपने शब्दों की अनुगूँज से वह स्वयं चौंककर रह गई।

बढ़ई पेटियाँ बन्द कर चुका था और ठक्-ठक् की आवाज़ बन्द थी। केवल अशोक की शाखों की एक-दूसरे से रगड़ और आम के पेड़ पर के दो तोते पंख फड़फड़ाते हुए उड़ गए।

दीवानसिंह और मनोहर ने पेटियाँ ले जाकर अन्दर रख दीं और ताला बन्द कर दिया। वह पसीना पोंछते हुए आए और बड़ी-सी काली चाबी उसे पकड़ा दी।

"तुम दोनों अब किचनर रोड चले जाओ। मैं एक बजे तक आ जाऊँगी।" अमृता ने कहा। फिर उसने कपड़े बदले और दोनों किताबें उठा लीं। उसने सोचा था कि यति की यह दोनों किताबें उसे लौटा देगी : अब इनका क्या प्रयोजन, और यति के साथ आख़िरी बार चाय पिएगी, फिर किचनर रोड लौट जाएगी, और अपने को कल वह अपने उन सम्बन्धियों की दया पर छोड़ देगी। हाथ में चुपचाप मेहँदी लगवा लेगी। मुख पर चन्दन-बिन्दु, और उसके बाद फूलों के गहने भी पहन लेगी। पर आज का दिन उसका अपना; सोचने के लिए, याद करने के लिए, दुख मनाने के लिए।

अमृता ने रेस्तराँ में जाकर चारों ओर यति को खोजते हुए देखा। अन्दर हल्का-सा अँधेरा था और धूप से आने के कारण उसे सबकुछ स्पष्ट नहीं दिखाई दे रहा था। बैंड पर नाच की एक पापुलर धुन बज रही थी और सब ओर धुआँ-धुआँ-सा था। एक कोने की मेज़ पर से कोई उठा और उसकी ओर बढ़ने लगा। अमृता ने एक क्षण को समझा कि यह यति है। पर ध्यान से देखने पर पाया कि वह तो उसे जानती भी नहीं। वह जब ठीक सामने आकर खड़ा हो गया तो वह एक आघात से काँपकर रह गई। कुँवर उसे देखकर मुस्कराया, "किसी को खोज रही हैं आप?"

"जी," बहुत पतले स्वर में अमृता ने कहा।

उसने चारों ओर फिर देखा, पर यति कहीं न था। उसका असमंजस भाँपकर कुँवर ने कहा, "जब तक आप इन्तज़ार करें, तब तक एक प्याला चाय पी लीजिए।"

अमृता कुछ सोच न सकी। जाकर बैठ गई। कुँवर शायद शॉपिंग कर रहा था क्योंकि उसके पास कुर्सी पर कई पैकेट रखे हुए थे। उसका प्याला आधा ख़ाली था।

"आप कॉफ़ी लेंगी या चाय?" कुँवर ने बड़ी शिष्ट और औपचारिक रीति से पूछा।

कुँवर को मेन्यूकार्ड उठाते देख उसने कहा, "मैं कुछ खाऊँगी नहीं।"

आमने-सामने बैठे होने पर भी वह कुँवर को सीधी दृष्टि से न देख सकी। उसकी पीठ दरवाज़े की ओर थी, पर सामने दीवार पर स्वच्छ दर्पण का एक लम्बा पैनेल लगा था जिसमें उसे आने-जानेवालों का प्रतिबिम्ब दिखाई दे रहा था। कॉफ़ी के छोटे-छोटे घूँट पीती हुई वह दर्पण पर आँखें गड़ाए रही। पर उसकी चेतना सजग थी। कुँवर यथार्थ था, वास्तविक। देख लो, अच्छी तरह देख लो। एक छोटा-सा विचार अमृता को उद्विग्न कर रहा था। अभी भी समय है, अभी भी तुम वापस जा सकती हो, अपने कॉटेज़ में, जहाँ बिबिया है, बेम्बी और मीरा।

कुँवर ने अचानक ही मेज़ पर शिथिल पड़े अमृता के हाथ को अपनी बड़ी-सी हथेली में ढँक लिया।

"आप बहुत चिन्तित लग रही हैं।" उसने बड़े मन्द और कोमल स्वर में कहा। चौंकी अमृता की दृष्टि उसकी आँखों से टकरा गई। उसने पहली बार कुँवर को भरपूर दृष्टि से देखा। कुँवर के चेहरे पर हल्की-सी मुस्कान थी, मुस्कान में आश्वासन और आँखों में गहरा धीरज।

अमृता ने अनुभव किया कि उसके झुके हुए हाथ का स्पर्श उसे अनेक अनजाने सन्देश दे रहा है। वह एक पुरुष का स्पर्श है, एक प्रेमी का भी—और वह अरुचिकर, अप्रीतिकर भी नहीं।

और, तभी उसने सामने के दर्पण में देखा कि हाथों में एक पैकेट पकड़े यति उसे खोज रहा है। अमृता निश्चल बैठी यति के प्रतिबिम्ब को ताकती रही। उसने चाहा कि वह अपना हाथ खींच ले, पर उस पर ऐसी जड़ता आ गई, वह हिल-डुल भी न सकी।

और, यति ने उसे देख लिया। देर तक वह वहीं खड़ा रहा। दर्पण में दोनों की आँखें मिलीं और अमृता ने अपना हाथ खींच, कॉफ़ी का प्याला होंठों से लगा लिया। यति मुड़ा और बाहर चला गया। अमृता दर्पण को देखती रही, देखती रही, और कुँवर मौन बैठा उसे देखता रहा।

अमृता ने एक लम्बी साँस ली : "अब चलूँ। डैडी लंच पर मेरा इन्तज़ार कर रहे होंगे।"

कुँवर ने बिल चुकाकर अपने पैकेट उठा लिए। अमृता उठ खड़ी हुई। बैंड बन्द हो गया था और चारों ओर बातचीत का हल्का-सा रव उठ रहा था।

"यह पैकेट आपका है?" कुँवर दोनों किताबों को उठाकर पूछ रहा था।

"नहीं," अमृता ने कहा और कुँवर के साथ बाहर निकल आई।

कोई नहीं

अक्षय को अपने ठीक सामने पा, विस्मय-भरा 'अरे तुम' भी हृदय की धड़कन में डूब गया।

"पहचाना नहीं?" अक्षय ने हँसते हुए पूछा।

मैंने बाएँ हाथ की किताबें दाहिनें हाथ से थामते हुए, ऐसे स्वर में जो स्वाभाविक से कुछ मन्द पड़ गया था, कहा, "तुम यहाँ क्या कर रहे हो? मैंने सुना था तुम कहीं विदेश में थे!"

"विदेश से लौट भी आते हैं। तुम यहाँ क्या कर रही हो?"

मेरी दृष्टि दूर भटक गई। पत्थर की बनी सत्तर साल की पुरानी इमारत, टावर की घड़ी, दूर-दूर तक फैले लॉन और जैकेरेंडा के वृक्ष जिनमें अभी कुछ दिन पहले तक फूल थे।

"क्या कर रही हूँ अक्षय! वहीं हूँ, जहाँ तुम मुझे छोड़ गए थे। मेरा मतलब, वहीं हूँ जहाँ तुम्हारे जाने के पहले थी।"

"वही घर, वही जगह, वही लोग?" अक्षय ने पूछा।

"हाँ, वही घर, वही जगह, वही लोग।" मैंने दोहराया।

फिर मैं अचानक ही सँभल गई। बहुत ही व्यावहारिक स्वर में मैंने पूछा, "अभी तुम ठहरोगे अक्षय? अगर रुको तो आज शाम मेरे पास चाय पीना!"

"मैं तो तुम्हें निमन्त्रित करनेवाला था," कुछ रुककर उसने कहा, "तुम मिलोगी, इसकी मुझे आशा न थी।"

इसके उत्तर में मुझसे क्या अपेक्षित है, यह न जान पा मैं अक्षय की ओर ताकती रही। मेरी और अक्षय की आयु में थोड़ा ही अन्तर रहा होगा। अक्षय अब एक सफल व्यक्ति है। और मैं?

न जाने क्यों अक्षय से उसके लड़के-बच्चों के बारे में न पूछ सकी।

"अच्छा, तो आओगे न? मैं इन्तज़ार करूँगी।" कहकर मैं चल पड़ी।

पानी की टंकी के पास के आम बौर से ढँक गए थे। क्यारियों में अभी भी सूखी बदरंगी पिटूनियाँ और हॉली हाक्स अपने धूल-भरे चेहरे लिए मुझे देख रहे थे। कितना

कुछ था, अक्षय से पूछने को। और मैं ऐसे भाग आई थी जैसे अक्षय की उपस्थिति मेरे लिए अचानक ही असह्य हो उठी हो। अपने कम्पाउंड में घुसते हुए मैं अपने उस घर को आँखों से देख उठी। खपरैल का बड़ा-सा बहुत ही पुराना बँगला—सड़क की ओर सहजन के पेड़ों की लम्बी क़तार और गुड़हल की बाढ़, जहाँ लॉन होना चाहिए था वहाँ अब पीले फूलों से ढँके भटकटैया के कँटीले पेड़ थे।

मुझे वहाँ खड़े-खड़े समय की गति का बोध हुआ। इन सात वर्षों में हमारा घर और वीरान लगने लगा था। इस बीच न तो कोई बरात यहाँ आकर रुकी थी, न कोई नवजात शिशु रोया था। केवल मिसेज़ कुँवर पागल हो चुकी थीं और सुमन श्रीअरविन्द आश्रम में चली गई थी। पहले उसके नियमित रूप से पत्र आते रहे थे और अब तो कभी उसकी बात भी नहीं होती थी। हम सबकी ज़िन्दगी निर्बाध गति से चली जा रही थी। उसमें नन्ही-सी हिलोर उठती जब पहली तारीख़ को हमें चेक मिलते।

जब हमारी नौकरानियाँ पीली साड़ियाँ पहनकर आतीं तो हम चौंककर याद करते कि वसन्त का पर्व आ गया है। कुछ दिन बाद गर्द-गुबार-भरी हवा हमारी खिड़कियाँ और दरवाज़े भड़भड़ाती हुई आगे निकल जाती। और फिर उन लम्बे उकताहट-भरे दिनों का अन्त करती बरसात आ जाती। हमारी खपरैल की छत जगह-जगह से टपकती और कीचड़-मिट्टी से अपनी साड़ियाँ बचाते हुए, ऐसी ऋतु को कोसते हुए हम कॉलेज जाने लगते। ऐसे ही दिन बीतते रहे और हमारी आँखों की चमक फीकी पड़ती गई, हमारे काले बालों में कहीं-कहीं सफ़ेद तार दिखने लगे और हमारे युवा, हँसते हुए चेहरों पर न जाने कैसी रूखी, रीती, कठोर मुद्रा आकर जमकर बैठ गई।

मैं आकर अपने कमरे की सफ़ाई में जुट गई। शाम को जब अक्षय आया तब भी मैं उससे सन्तुष्ट न हो पाई थी। कितने जाले हटाने थे, गर्द की कितनी तहें दूर करनी थीं, अपने को सजाना था, चेहरे की झाइयाँ, बालों का रूखापन और एड़ियों की कलौंच साफ़ करनी थी। इन सबके बीच जब अक्षय आ गया, उसने सब ओर देखकर कहा, "अब मुझे लग रहा है कि मैं घर आ गया हूँ। कुछ भी तो नहीं बदला है।"

अक्षय बात को ढाँप-तोपकर नहीं कहता। मेरे पास लौटकर उसे अच्छा लगा है, और उसने सहज भाव से कह दिया है। अब यह मेरे ऊपर है कि उसे कैसे ग्रहण करूँ।

मैंने मेज़ पर खाद्य पदार्थों के ढेर लगा दिए। अक्षय हरेक चीज़ थोड़ी-थोड़ी चखता है। मुस्कराता है और मेरी ओर देखता है। मैंने कितने सालों बाद बिन्दी लगाई है, हाथों में चूड़ियाँ डाली हैं। इस समय मैं कोटा की जालीदार साड़ी पहने हूँ जो कि कच्चे बैंगनी रंग में रँगी हुई है। मैं अच्छी लग रही होऊँगी, यह भाव मेरे मन में गाढ़ा

होता जा रहा है। मैं ढीले होकर कान पर झूल आए बाल पीछे कर अक्षय के प्याले में चाय छानती हूँ। अक्षय मुझे देखता है।

बच्चे नहीं हैं हम...अक्षय और मैं...यौवन का प्रथम उल्लास हम पीछे छोड़ आए हैं। हम दोनों के आचरण में एक-दूसरे की पूर्ण स्वीकृति है। हम दोनों के बीच कभी कोई दुराव न था, वही सहज ग्रहणीयता इस समय भी है। अक्षय के फॉरेन सर्विस में जाकर मुझे पीछे छोड़ देने की कटुता मेरे उन अनगिनत आँसुओं में डूब चुकी है।

खुशी की एक छोटी-सी लहर मुझे छू गई। मैं इस क्षण के प्रति कृतज्ञ थी, क्योंकि अक्षय मेरे निकट था। नहीं, अक्षय को मैं अब प्यार नहीं करती। पिछले सात वर्षों की जी हुई ज़िन्दगी में वह प्यार धीरे-धीरे मर चुका है। मुझे कोई अफ़सोस नहीं है। इस जीवन को मैंने स्वीकार कर लिया है!

"अब चलें?" अक्षय ने प्याला रखते हुए कहा।

"कहाँ?" मैंने पूछा।

"कहीं भी," अक्षय उठ खड़ा हुआ। मैंने जूठे प्याले और तश्तरियाँ जल्दी-जल्दी नल के नीचे रखीं। बाक़ी सामान उठाकर जाली की अलमारी में रखती हुई मैं मुड़कर अक्षय से कहने लगी, "तुमने तो कुछ भी नहीं खाया।"

अक्षय मुस्कराया। हर बात की अक्षय की अपनी विशिष्ट मुस्कान थी। सात साल में जो कुछ भूला गया है वह एक शाम में कैसे याद किया जा सकता है! मैं दोनों हाथों से साड़ी की सिलवटें सीधी करती हूँ और फिर हम दोनों भटकटैया के पेड़ों से बचते हुए निकल आते हैं। सड़क पर एक ख़ाली रिक्शा गुज़र रहा है, रिक्शेवाला हमें आशावान नेत्रों से देखता है, उसकी गति कुछ क्षणों को मन्द होती है, फिर वह सीधी सड़क पर बढ़ता चला जाता है। रिक्शे में लगी रंग-बिरंगी फिरकियाँ हवा में नाचती रहती हैं और सड़क पर गच्चा खाकर सारे घुँघरू एकसाथ बज उठते हैं।

हम दोनों यूनिवर्सिटी की ओर बढ़ते हैं। रेल की सीटी सन्नाटे को एकाएक चीर देती है। बिजली के तारों पर एक नीलकंठ बैठा है, और प्रोफ़ेसर नारायण के बरामदों में टँगे मिट्टी के गोल गमलों में मनीप्लांट की लम्बी शाखाएँ हिलती हैं। बाईं ओर हमारे कॉलेज की लाल बिल्डिंग है।

"पोर्टिको की मालती लता क्या हुई?" अक्षय के प्रश्न पर मैं चौंक पड़ी।

"बहुत घनी हो जाने के कारण कटवा दी गई।" मैंने कहा।

"वाट ए पिटी!" अक्षय कहकर चुप हो गया। हमारे आगे सड़क बिखरी पड़ी है। निर्जन, सुनसान सड़क–बरसों पहले के हमारे पद-चाप क्या आज जाग सकेंगे? प्रोफ़ेसर नारायण की छत के पीछे से उगता चाँद–और हिना की खुशबू–लाल इमारतवाला हमारा कॉलेज और पानवाले की दूकान के रेडियो से आते संगीत के

स्वर—और इन सबके ऊपर यूनिवर्सिटी की घड़ी के घंटों की मीठी अनुगूँज। यह सब मुझे फिर क्यों याद आ गया है!

"आओ, अन्दर से चलें।" अक्षय ने कहा।

मैं चुपचाप उसके साथ मुड़ गई। अक्षय एक जगह रुका।

"यहाँ का गेट बन्द कर दिया गया है, अक्षय! लड़कियाँ होस्टल से बिना पूछे चली जाती थीं। हमें मेन गेट से जाना पड़ेगा।"

यूनिवर्सिटी की मीनारें और गुम्बद छूती हुई शाम उतर रही है। अंग्रेज़ी विभाग के ऊपर एक चमकीला तारा है, और पास-पास लगे अनारों के पेड़ों में नए-नए फूल! मैं अक्षय को देखती हूँ। शायद उसने भी अनार के फूलों को देखा है।

"तुम्हें याद है नमिता..."

"हूँ!" मैं कहती हूँ! न जाने क्यों कंठ में एक बगूला-सा आकर टिका हुआ है। इन पिछले सात वर्षों में मुझे कभी ऐसी भावना नहीं हुई। कितनी बार इस सड़क से गुज़री हूँ पर अंग्रेज़ी विभाग के ऊपर चमकते तारे को देख कभी आँखें गीली नहीं हुईं। सुनसान पड़ी यूनिवर्सिटी में अपूर्व शान्ति है। इस समय एक विचित्र-सा विचार मन में आता है। कितने आकुल चरण इन राहों में भटके होंगे—कितना हर्ष और विषाद, आँसू और फूल, शब्द प्यार के और भूल जाने के आग्रह—कितनी चीज़ों की साक्षी होंगी यह दीवारें...

"तुम यहाँ कब तक हो अक्षय?" मैंने पूछा।

"बस एक दिन!" अक्षय गम्भीर है।

"कुछ काम था?"

"नहीं, दिल्ली जा रहा था, जब स्टेशन रास्ते में पड़ा तो रहा न गया, उतर पड़ा। सोचा कि एक दिन रुककर उन सब जगहों को एक बार फिर देख लूँ, जो मुझे अब तक हांट करती हैं। तुम यहाँ होगी, मैंने यह आशा भी न की थी। सोचता था कि तुम्हारा विवाह हो गया होगा और तुम अब तक पक्की गृहस्थिन बन चुकी होगी। तुमसे कभी अकस्मात् मिलूँगा, यह कल्पना तो मैंने बहुत बार की थी, पर इस सबके मध्य, तुम वैसी ही होगी यह नहीं सोच पाया था। अच्छा नमिता, एक बात पूछूँ, तुमने विवाह क्यों नहीं किया?"

"पता नहीं क्यों?" मैं इसका उत्तर देती हुई अपने अन्दर की गहराइयों में डूब जाती हूँ, "तुम्हारे जाने के बाद दो-तीन साल तो मैं ऐसे ही बेजान, सुन्न-सी पड़ी रही। फिर पाया कि धीरे-धीरे सारे समवयस्कों की शादी हो गई है। मेरे लिए कोई बैठा रहता, ऐसा था ही कौन। और फिर बस...ऐसे ही जीवन बीत गया।" मेरे स्वर में न तल्ख़ी है, न शिकायत। रिक्तता का जो सागर मेरे अन्दर है वह कभी सूख सकेगा, यह अकल्पनीय लगता है। "रुपया काफ़ी जमा हो जाने पर एक मकान बनवा लूँगी। बुढ़ापा उससे कट जाएगा।" मैं सहज भाव से फिर कहती हूँ।

रुककर अक्षय देर तक मेरी आँखों में क्या देखता है! उसके चेहरे पर चीन्हा-सा भाव है, पर मैं उसे पहचानूँगी नहीं।

अब हम लाइब्रेरी के पास आ गए हैं। कुन्द की लताएँ सफ़ेद फूलों से भरी हैं। मैं एक फूल बालों में खोंस लेती हूँ। अक्षय किसी गहरे विचार में डूबा हुआ है। और हम दोनों देर तक एक-दूसरे से कुछ नहीं कहते। फिर छोटी-सी मुस्कान मेरे होंठों को छू गई। हम प्रगाढ़ प्रेमियों का सात वर्ष बाद यह कैसा मिलन है? अक्षय से मैं क्या-क्या पूछना चाहती थी, पर चुप हूँ। शब्द वह सेतु हैं जिन्हें हम मौन के सागर पर बाँधते हैं। मैं उसे तोड़ना नहीं चाहती। यदि यह क्षण फूल होते तो उन्हें बटोरकर रख लेती, सूखने पर भी वह हाथ से तो छूए जा सकते। मैं जानती हूँ कि अक्षय के चले जाने के बाद मुझे फिर, उसे नए सिरे से खो देने का दुख होगा। उन अनाहूत आँसुओं और निद्राहीन रातों की स्मृति मैं पीछे ठेल देती हूँ और अक्षय की ओर मुस्कराकर देखती हूँ। अभी तो मेरे माथे पर लाल बिन्दी है और बालों में कुन्द का फूल। यदि हाथ बढ़ाऊँ तो घने रोओं से ढँकी अक्षय की बाँहें छू भी सकती हूँ।

दाहिनी ओर होस्टल की रेलिंग पर कुछ तौलिए सूख रहे हैं और नीचे कोर्ट में तेज़ बल्बों के प्रकाश में बैडमिंटन का खेल ज़ोर से चल रहा है। हम लोग अब यूनिवर्सिटी रोड पर निकल आए हैं। जगमग करते हुए रेस्तराँ, जिनमें ज्यूक बॉक्स पर रिकॉर्ड बजते हैं और कॉफ़ी के प्यालों पर साहित्य, राजनीति और सेक्स की बातें होती हैं।

''मैंने तुम्हें कोपेनहेगेन से पिक्चर पोस्टकार्ड भेजे थे।'' अक्षय ने कहा।

''हाँ, मुझे याद है। उस पर हैंस एंडरसन की कहानीवाली जलपरी की तसवीर थी और तुम्हारा लेक डिस्ट्रिक से भेजा हुआ कार्ड भी मिला था और नियाग्रा फाल्स का भी। मैंने कई बार सोचा कि उत्तर में तुम्हें यहाँ की कुछ तसवीरें भेजूँ...संगम का सूर्यास्त, अपने कम्पाउंड में उगे भटकटैया के फूल, मगर फिर; फिर मिसेज़ कुँवर पागल हो गई और बात मेरे ध्यान से उतर गई।'' मैं एक लम्बी साँस लेती हूँ।

''पुअर थिंग!'' अक्षय ने कहा।

''अच्छा अक्षय, अगर कभी मैं पागल हो जाऊँ तो?'' मैं अकस्मात् प्रश्न करती हूँ।

अक्षय ने अचानक ही मेरी दाहिनी हथेली पकड़कर दबा दी। मैं झटके से अपना हाथ छुड़ा लेती हूँ। भीड़-भरी यूनिवर्सिटी रोड पर!

अक्षय की मुस्कान में बड़ा निजत्व है पर मुझे रोष-सा है कि अक्षय ने मुझे क्यों छुआ? मैं होंठों को सिकोड़ती हुई दूसरी ओर देखने लगी। हँसते हुए अक्षय ने कहा, ''ऐसा न करो नमिता, तुम काफ़ी अग्ली लगती हो।''

ना, ना, अक्षय की हँसी मुझे अपनी ओर न खींच पाएगी। मैं एक कगार पर

खड़ी हूँ, तनिक-सा भी झटका मुझे नीचे अथाह जल में गिरा देगा और इस बार मैं उससे न उबर पाऊँगी।

"मैं अग्ली तो हूँ ही!" मैंने बुरा-सा मानकर कहा। मुझे ऐसा लगा कि अक्षय ने देर तक मेरी ओर देखा है। मैं जानती हूँ कि मैं कुरूप नहीं हूँ। अब हम दोनों साइंस फैकल्टी में आ गए और घास पर बैठ गए। यहाँ बैठकर लगा कि चाँद काफ़ी देर पहले निकल आया होगा। लॉन पर दूर तक पीली झरी हुई पत्तियाँ बिखरी थीं। चाँदनी में डोम के टाइल्स बेतरह चमकने लगे। स्टेडियम ख़ाली आँखों से हमें देखते रहे।

"यहाँ अब भी क्रिकेट होता है?" अक्षय ने पूछा। अपने समय में अक्षय क्रिकेट टीम का कैप्टन था।

"सबकुछ वैसा ही चला जा रहा है अक्षय! इतनी भीड़ में कौन कहाँ खो गया, इसका लेखा-जोखा कौन रखे।"

"तुम भी नहीं रखतीं?"

"नहीं, अब मैं भी नहीं रखती। साल के साल बीतते चले जाते हैं। स्पोर्ट्स, कनवोकेशन, इम्तहान, छुट्टियाँ...सभी नियमित रूप से होता रहता है। नोट्स पीले पड़ जाते हैं। फिर भी हम वही पढ़ाए चले जाते हैं। इस जीवन में कोई गति नहीं बची। होस्टल से कभी कोई लड़की भाग गई, किसी लड़के ने आत्महत्या कर ली, किसी अध्यापक को लेकर कोई स्कैंडल हो गया, यही हमारी ज़िन्दगी के हाईलाइट्स बचे हैं।"

मैं बाँहों से घुटनों को घेर लेती हूँ। मेरी आँखें कभी अक्षय, कभी चाँदनी में चमकते डोम पर चली जाती हैं। सभी कुछ बड़ा अपरिचित-सा लगता है।

"फिर भी मेरे लिए यह सभी सुन्दर हैं। अब भी! देश-विदेश में घूमकर भी मैं इस सबको नहीं भूल पाया।" अक्षय का स्वर अनजान रास्तों पर भटक गया। मेरे बालों में लगा कुन्द का फूल नीचे घास पर गिर जाता है। मैं उसे उठाकर अपने होंठों पर रख लेती हूँ और फिर अक्षय कहता है, मैं सुनती हूँ—चुप, निश्चल बैठी हुई। मुझे यह सब रात्रि के पिछले पहर देखा गया। स्वप्न-सा लगता है। अक्षय मुझे उन जगहों के बारे में बताता है जहाँ-जहाँ वह रह चुका है। वह अपनी नौकरी की समस्याएँ डिस्कस करता है और अन्त में वह उस ऑस्ट्रियन युवती के बारे में भी बताता है जिससे वह विवाह करना चाहता था, पर फॉरेन सर्विस के नियम के कारण उसे छोड़कर आना पड़ा। अब अक्षय ने एक जनरल की बेटी से विवाह कर लिया है जो बहुत अच्छे डिनर सर्व करती है, जिसे स्कॉच के अनगिनत पेग पीकर भी नशा नहीं चढ़ता और जो कि फर्राटे से फ्रेंच बोलती है। मैं अक्षय की पत्नी की कल्पना करती हूँ पर मेरे आगे वह अपरिचित ऑस्ट्रियन लड़की आ खड़ी होती है जिसे अक्षय छोड़कर चला आया था। बातें करते-करते अक्षय घड़ी की ओर देखता है। उसे साढ़े ग्यारह बजे वापस जाना है। और, अक्षय अब चुप है। उसे शायद आशा है कि मैं

भी उससे अपने दुख-सुख की बातें कहूँगी। तार पर फैली साड़ी समेटकर अपनी फैला देने पर मिसेज़ धर और कान्ता के झगड़े, नज़र बचाकर किसी और की चीनीदानी से अपने डिब्बे में मालती का चीनी उँड़ेल लेना, शाम से शारदा और मिसेज़ धर का अपना कमरा बन्द कर लेना। सारे दिन काम कर शाम को रो लेना। और, रात में अपनी चारपाइयों पर बैठ पासबुक खोलकर दिन-प्रतिदिन बढ़ता धन देखना। क्या उसे मैं यही सब बताती?

मैं अक्षय की ओर देखकर मुस्कराती हूँ, चुप रहती हूँ। किसी और के लिए अपना एक भटकी स्मृति बनकर रह जाने का यह सम्वेदन विचित्र-सा है। मुझे अक्षय से कुछ नहीं कहना है। वह पूछे-अनपूछे प्रश्न मेरे होंठों के पीछे निस्पन्द पड़े हैं। मैं चाहती हूँ कि मैं चाँदनी में घुलती जाऊँ, घुलती जाऊँ और फिर मैं, मैं न रहूँ—अक्षय के सामीप्य का बोध, दुख, दर्द, तल्ख़ी, शिकायतें, एक्सप्लेनेशंस, रिक्तता...मेरे व्यक्तित्व के यह सारे तीखे कगार चाँदनी के हाथों द्वारा चिकने कर दिए जाएँ और फूल-सा हल्कापन मेरे ऊपर छा जाए। मैं अक्षय के पास बैठी, उसे उत्सुक, आकुल आँखों से ताकती, कच्चे बैंगनी रंग की साड़ी पहने नमिता को देखूँ और इस बात पर हैरत करूँ कि उसने किन अलक्ष्य गाँठों में अपने को कस रखा है।

'अक्षय, तुम मेरे कोई नहीं हो,' मैं उससे कहना चाहती हूँ। और, हम दोनों उठ खड़े होते हैं, क्योंकि वहाँ बैठे-बैठे बहुत समय बीत गया है और अक्षय को वापस भी जाना है।

हम लोग यूनिवर्सिटी बहुत पीछे छोड़ आए हैं। टी.बी. अस्पताल की बत्तियाँ दूर से चमकती हैं। पुल पर अँधेरा है, नीचे रेल की पटरी पर कोई ट्रेन निकल जाती है और ऊपर खड़े हम उसकी धमक महसूस करते हैं। मैं आँखें फैलाए उस अँधेरे में न जाने क्या देख रही हूँ। गंगा सूख गई है और दूर-दूर तक बालू चाँदनी में चमक रही है।

"नमिता!" अक्षय कहता है, "नमिता, तुम कैसी हो गई हो? ठंडी, बेजान!" अक्षय के स्वर में थोड़ी उलझन, थोड़े दुख की खनक है। अँधेरे में मेरी टेढ़ी-सी मुस्कान अक्षय को नहीं दिखेगी।

"जब बसन्त आता है तो तुम्हारे कम्पाउंड में नींबू के फूलों की महक मँडराती होगी?"

"पता नहीं, अक्षय!"

"और फिर बरसात में झर-झर पानी बरसता होगा और तुम्हारे गेट पर लगी सावनी गुलाबी फूलों से भर जाती होगी।"

"पता नहीं...।"

"आसमान के कच्चे गड़हों में कुमुद खिलते होंगे, और यूनिवर्सिटी में रजिस्ट्रार ऑफ़िस के पास गन्धराज गमकते होंगे। तुम रो रही हो नमिता?"

“नहीं अक्षय...” मैं धम् से पुल के पास पड़े पत्थर पर बैठ जाती हूँ। हम दोनों बच्चे हैं। भटक गए हैं। दो शिशु डरे हुए, अँधेरे में सिसकते हुए।

अपने कमरे में लेटी हुई मैं रेल की सीटी सुनती हूँ। अक्षय इसी ट्रेन में जा रहा होगा। मैं करवट ले बिस्तर पर औंधी हो जाती हूँ। भटकटैया के वे सारे काँटे जैसे एक साथ ही मेरे शरीर में चुभ उठते हैं।

सागर पार का संगीत

दरवाज़े में आधी अन्दर, आधी बाहर खड़ी होकर देवयानी पत्रिका के पृष्ठ जल्दी-जल्दी पलटती हुई लेखकों के नाम और शीर्षकों को पढ़ डालती है। पत्रिका कई महीने पहले की है, और न जाने कहाँ-कहाँ भटककर अब देवयानी तक पहुँची है। फटे हुए भूरे रैपर पर देवयानी को अपना नाम वर्षों पहले के किसी परिचित-सा जान पड़ता है!

पत्रिका हाथ में पकड़े हुए देवयानी खाने के कमरे में लौटती है जहाँ उसका कनेडियन पति औस्कर उसकी प्रतीक्षा कर रहा है।

"कोई पत्र?" वह पूछता है।

"ना, केवल हिन्दी की एक पत्रिका—कई महीने पहले की," देवयानी पत्रिका को मेज़ पर रख देती है। दोनों चुपचाप भोजन आरम्भ कर देते हैं।

मेज़ के उस ओर बैठे औस्कर की आँखें देवयानी को रह-रहकर ताकती हैं—देवयानी मुस्कराती है पर प्रतीत होता है कि वह मुस्कान औस्कर को छल नहीं पाएगी। भोजन समाप्त कर वह उठ खड़ा होता है, और जाने से पहले एक क्षण रुककर देवयानी के बालों को थपकता हुआ कहता है, "मेरे पीछे मुझे छोड़कर कहीं चली मत जाना।"

देवयानी फिर मुस्कराती है, "नहीं।" उस मुस्कान में एक वचन है, एक आश्वासन—साँझ को, औस्कर के लौटने पर वह यहीं मिलेगी, सोफ़े पर लेटी हुई, उसके आने की प्रतीक्षा में द्वार की ओर देखती हुई।

औस्कर चला गया है। देवयानी कुछ देर कुर्सी पर निश्चल बैठी रहती है और निरुद्देश्य बाहर देखती है। बाहर औस्कर द्वारा प्लैन किया हुआ जैपेनीज़ उद्यान है, छोटा-सा ताल है, कुमुदिनियाँ हैं, और हैं सुनहरी मछलियाँ। कुछ दिन पहले बाज़ार से लौटने पर देवयानी ने अपने कमरे में एक गमला रखा पाया था जिसमें बेगमबेलिया की एक टहनी बैंगनी फूलों से भरी हुई थी।

"यह कहाँ से आया?" देवयानी ने पूछा था।

"लियौन के यहाँ से ले आया हूँ, खास तुम्हारे लिए।"

"यहाँ जी सकेगा?" देवयानी ने एक फूल की पँखुरियों को छूते हुए पूछा।

"सर्दी बढ़ने पर अगर कमरे में रख दें तो शायद जी जाए।"

उस रात स्टूडियो में देर तक काम करने के बाद औस्कर ने देवयानी को तकिए में मुँह गड़ाकर लेटे पाया।

वह सिरहाने बैठ गया। उसके बालों को थपथपाता हुआ, बहुत कोमल स्वर में बोला, "घर की बहुत याद आती है, देवी?"

औस्कर की ओर बिना देखे ही देवयानी जान गई कि इस समय उसकी आँखें उदास हो आई होंगी।

"नहीं तो," देवयानी उठकर बैठ गई और औस्कर के कन्धे पर सिर टिका दिया।

शीशे की दीवार के बाहर देखते हुए औस्कर ने कहा, "जब मैं स्टूडियो में देर तक काम करता रहता हूँ तो रोशनी ताल पर पड़ती रहती है और कुमुदिनियाँ खिल जाती हैं। पागल कुमुदिनियाँ!"

"हूँ।" देवयानी बोली। औस्कर ने उठकर अपने लिए एक ड्रिंक मिक्स की और पूछा, "क्यों रो रही थीं?"

"वह बेगमबेलिया–उसके साथ एकदम सबकुछ याद आ गया। सुबह-सुबह हज़ारों चिड़ियों का झाड़ी में शोर मचाना और शाम को लौटते सूरज की रोशनी में कमरे की छत पर बेगमबेलिया के रंग का गुलाबी प्रतिबिम्ब।"

औस्कर की बाँह पर सिर रखे लेटी देवयानी चढ़ते ज्वार के कारण सागर की बढ़ती लहरों का रव सुन रही थी। उसको बोध था कि अत्यन्त थका होने पर भी वह जाग रहा है।

"देवी!"

"हूँ।"

"कभी-कभी लगता है कि तुम्हें बाँधकर मैंने ठीक नहीं किया!"

"क्यों?"

"तुम्हें घर की बहुत याद आती है।"

"नहीं औस्कर, घर की याद नहीं है। न जाने मुझे क्या हो जाता है। मेरे अन्दर जैसे एक दानव है जो हर घड़ी मुझे नोंचा करता है। मैं भटकती हूँ, कुछ खोजती हूँ–कुछ देर काम में मन लगता है, फिर उचट जाता है और कुछ अच्छा नहीं लगता, तब मन चाहता है कि रेत में पैर गड़ा दूँ और सागर-तट पर बैठी रहूँ।"

और, औस्कर वापस चला गया है, और देवयानी अकेली है, जूठे बर्तन हैं, एक भटककर आ पहुँची पत्रिका है। देवयानी ने उठकर बर्तन समेटकर सिंक में रख दिए, खुले बालों को लपेटकर जूड़ा बाँधा। वह सोफ़े पर लेट गई और पत्रिका पढ़ने लगी। एक नए लेखक की पहली पुस्तक की प्रशंसा, एक परिचित लेखिका की कहानी, दो बचकानी कविताएँ। फिर वह नए प्रकाशनों की सूची पढ़ गई और पत्रिका नीचे डाल

बाँह आँखों पर रख ली। विवाह से पहले कुछ कविताएँ उसने भी लिखी थीं, पर अब जैसे रिक्त हो गई है।

"पागल हुई हो?" मनोरमा ने कहा था : "कुछ दिन बाद जब प्यार का जोश उतर जाएगा तब क्या करोगी? भारत में जिससे सगाई हो चुकी है वह क्या कहेगा? साड़ी पहनना छोड़कर स्कर्ट पहनोगी?"

देवयानी ने चुपचाप सुन लिया। जिस उत्साह और हर्ष से मनोरमा को आकर समाचार दिया था वह स्वयं देवयानी को असंगत लगने लगा। अपने कमरे में जाकर छत को ताकते हुए देवयानी ने सोचा, शायद मनोरमा ठीक कहती है। अपना देश है, अपनी भाषा, माता-पिता बड़ी उमंग से प्रकाश के साथ विवाह रचाएँगे, पर मन में कुछ कचोटेगा नहीं क्या, औस्कर की आँखें पीछा नहीं करेंगी?

उस साँझ 'मूवी' के बाद दोनों कुछ देर सड़क पर टहलते रहे थे। देवयानी ने चटक पीली साड़ी पहनी थी, हल्दी के रंग-सी पीली, और सड़क की रंग-बिरंगी नियन लाइट्स की छाया में चलते हुए उस पर अकस्मात् एक पूर्णता का बोध छा गया। उसे होस्टल के बाहर छोड़ने से पहले औस्कर ने देवयानी को बाँहों में समेट लिया और देवयानी उसमें ऐसी सहजता से घिर गई जैसे वह इसी वातावरण में पलकर बड़ी हुई हो।

देवयानी औस्कर के साथ कैनेडा जा रही है, यह सुनकर अमरीकन मित्रों ने कहा, "वहाँ लगातार वर्षा होती है, हर समय आकाश घिरा-घिरा रहता है, ऊब जाओगी।"

"पर जब वर्षा हो चुकती है तो पैसिफ़िक सागर के तीन ओर बसे शहर की बत्तियाँ बड़ी स्वच्छ झलकती हैं। पहाड़ों पर घुमावदार सड़कें हैं और वहाँ से बन्दरगाह दिखाई देता है जहाँ दूर देशों को जाते हुए 'शिप्स' कुछ समय को रुकते हैं। रात को पैसिफ़िक की लहरों का संगीत सुनाई पड़ता है और 'समर' में हर ओर गुलाबों की सुगन्ध..." औस्कर ने परिचय के आरम्भ में कहा था। देवयानी ने आधी बात सुनी थी, आधी नहीं। "मेरे पिता स्वीडिश हैं, माँ आयरिश। मेरा जन्म कैनेडा में हुआ जहाँ वे आकर बस गए हैं।" वह उसे अपने बारे में बताने लगा।

"तुम कहाँ भटक गई हो देवयानी?" औस्कर बीच में हल्के-से हँसा था।

मैं, देवयानी, जो इस समय एक अँधेरे-से रेस्तराँ में इस स्वीडिश- आयरिश-कैनेडियन पुरुष के साथ बैठी हूँ, देवयानी सोच रही थी, इस बड़ी-सी इमारत की इकतालीसवीं मंज़िल पर जहाँ से शिकागो नगर की बिजलियाँ नज़र आती हैं, औस्कर ने शैम्पेन मँगाई है और वेट्रेस हम दोनों को कौतूहल से देख रही है—क्या इसी क्षण के लिए बन्धु-बान्धवों को पीछे छोड़, भाग्य-डोर से बँधी हुई यहाँ तक खिंच आई? इस समय, इस विशिष्ट क्षण में जो कुछ हृदय में उपज रहा है, क्या वह प्यार है?...

सुबह जागकर देवयानी होटल के बाहर सड़क का कोलाहल सुन रही थी—बाहर शिकागो का धड़कता हुआ हृदय—उसने उठकर खिड़की पर कोहनियाँ टिका दीं और

बीसवीं मंज़िल से नीचे ताकने लगी। रात न जाने किस समय लौटी थी! आधी रात के बाद दोनों रेस्तराँ से उतरकर लेक मिशिगन के किनारे-किनारे कुछ दूर टहले थे। हवा में पानी की सुगन्ध थी और देवयानी को औस्कर की सबल बाहु से घिरा कन्धा भला लग रहा था। फिर वे दोनों एक बेंच पर बैठ गए, और कुछ थकान, कुछ शैम्पेन के प्रभाव से देवयानी की आँखें मुँदने लगीं। औस्कर कुछ देर उसके जूड़े के काँटे में लगे घुँघरुओं से खेलता रहा और फिर एक-एक करके काँटे निकालने लगा। उसके लम्बे बाल खुलकर पीठ पर गिर आए और औस्कर के आश्चर्यसूचक स्वर को सुन देवयानी मुस्करा-भर दी। देवयानी आँखें मूँदे आधी सोई, आधी जागी उससे टिकी बैठी रही और औस्कर उसके बालों से खेलता रहा।

कौन हूँ मैं, क्या मैं वही छुईमुई-सी देवयानी हूँ, जो इस समय लोक-लाज त्यागकर लेक मिशिगन के किनारे बैठी हुई हूँ? औस्कर के होंठ बार-बार उसके माथे को चूम रहे थे। आह, कितना सुख, दोनों बाँहों-भरा सुख, मैं नारी हूँ, केवल एक नारी! फिर भी देवयानी अपनी भारतीयता को अपने व्यक्तित्व से अलग कर फेंक न सकी। वह सायास उठकर सीधी बैठ गई, और उसने औस्कर से कहा ‘‘मुझे वापस ले चलोगे?’’

मुट्ठी में जूड़े के काँटे पकड़े, खुले बाल, असंगत पैरों से देवयानी कार से उतरी।

‘‘तुम्हारी लाल बिन्दी कहीं खो गई!’’ औस्कर ने कहा।

‘‘चोर तो तुम हो।’’ देवयानी ने उत्तर दिया। अपने कमरे में पहुँचकर उसी मादक, तन्द्रिल अवस्था में देवयानी ने साड़ी उतारकर फ़र्श पर फेंक दी और बिस्तर पर लेट गई; पूरी रात बेख़बर सोई थी वह।

औस्कर को शिकागो से कैनेडा जाना था। ‘‘देवयानी उसे छोड़ने जा सकोगी?’’

‘‘हाँ औस्कर,’’ देवयानी ने बड़ी गम्भीरता और पूरे विश्वास से कहा।

औस्कर के चले जाने के बाद देवयानी मिनेसोटा में अपनी यूनिवर्सिटी लौट आई। सारे रास्ते वह औस्कर के ख़याल में ही डूबी रही, और डौरमिटरी में पहुँचकर अपने नाम दो ख़त पाकर वह चिहुँक-सी उठी। एक ख़त पिता का था, दूसरा प्रकाश का। वह लिफ़ाफ़े कुछ देर उलटती-पलटती रही और फिर बिना खोले ही मेज़ पर डाल दिए जैसे कितनी निर्मम हो आई, एक झटके से सारे बन्धन तोड़ डाले।

विवाह के समय थोड़े-से ही लोग उपस्थित थे। औस्कर के आत्मीय, और देवयानी की ओर से केवल मनोरमा—उसका चेहरा नाराज़-सा था। देवयानी को तैयार होने में औस्कर की माँ ने सहायता की। देवयानी की आँखें बार-बार भीग उठती थीं। मनोरमा कुर्सी पर बैठी बाहर देखती रही। उपहार में एक डॉलर साठ सेंट का कौफ़ी परकोलेटर लाई थी। देवयानी ने पास जाकर उसके कन्धों पर हाथ रख दिए और आँखों से आँसू झरने लगे। मनोरमा उठकर खड़ी हो गई, ‘‘कुछ बुरा-भला न

मुँह से निकल जाए, इसलिए चुप थी। पर तुमने जो राह चुनी है उस पर सुखी रहो, यही मेरी कामना है।'' देवयानी की पीठ पर हाथ रखकर औस्कर की माँ ने कहा, ''औस्कर इज ए वंडरफुल बॉय! मैंने जब आयरलैंड छोड़ा और आर्थर के साथ यहाँ आने लगी तो लगा कि दिल फट जाएगा, पर आर्थर ने मुझे बहुत सुख दिया—तुम भी औस्कर पर विश्वास रखो, देवयानी!''

देवयानी ने आँखें पोंछ लीं और मुस्कराने की चेष्टा की। औस्कर गहरे रंग के सूट में बड़ा भोला दीख रहा था और उसकी आँखों में इतना प्यार, उसके स्पर्श में इतना आश्वासन था कि देवयानी उसके हाथ को थामकर विवाह के वचन दोहरा गई।

औस्कर के साथ उसके घर में प्रवेश कर वह चकित रह गई। दरवाज़े से घुसते ही जैपेनीज़ उद्यान था और उद्यान के बाद रेत और पैसिफ़िक सागर। तीनों कमरों में काँच की दीवार थी जिसके पार उद्यान हर समय दिखाई देता था। शयन-कक्ष में ताँबे का दीपाधार था, और देवयानी के कपड़ों के लिए विशेष रूप से 'डिज़ाइन' की गई अलमारी।

औस्कर की माँ, मिसेज़ आकलिंड ने ठीक कहा था; अपार, अपरिमित सुख पाया था देवयानी ने। औस्कर के मित्रों ने उसे तुरन्त अपना लिया था। देवयानी को वे लोग अच्छे लगे थे, आर्किटेक्ट, चित्रकार, शिल्पी, लेखक—कलाकारों की एक अलग भाषा होती है और देवयानी को वह भाषा समझने में कोई कठिनाई नहीं हुई।

इस सुख और सम्मान-भरे जीवन में एक दिन देवयानी अचानक ही फूट-फूटकर रोने लगी। दिन सुहाना था, बाग़ में हल्की-हल्की धूप बिखरी थी और सागर-तट पर रेत-कण उसमें चमक रहे थे। पैसिफ़िक दूर तक फैला हुआ था—स्वप्निल, तंद्रिल।

खाने की मेज़ साफ़ करना छोड़ देवयानी ने गीला स्पंज कसकर मुट्ठी में भींच लिया। उसके रुदन का स्वर धीरे-धीरे ऊँचा होता गया और फिर जैसे देवयानी नहीं थी, एक मथती हुई, अवर्णनीय दाहक पीड़ा की चीत्कार मात्र!

और, फिर रोना चुक गया। देवयानी भूमि पर गिर गई और गीली-गीली आँखों से चारों ओर ताकती रही। दीवार पर मतीस का एक चित्र, मेज़ पर एक चाइनीज़ वाज़ कार्पेट, काँच की दीवार। वह उठी और नंगे पैरों घास पर चलती हुई बाग़ से बाहर आ गई और जाकर गीली रेत पर बैठ गई। उसके चारों ओर गन्ध थी—गीले पानी की, सागर की गन्ध। लहरें आकर उसके पैर भिगोने लगीं और फिर एक बड़ी-सी लहर आकर उसे सराबोर कर गई। खुले बालों, भीगी साड़ी पहने देवयानी वैसे ही बैठी रही, उन लहरों का स्वागत करती जो कभी भी थकती नहीं, बार-बार तट छूती हैं और लौट जाती हैं। उसके मन में अपने चीख़-चीख़कर रोने का बोध था, साथ ही अपने पर थोड़ा-सा विस्मय—कि यह सब क्यों हुआ, कैसे हुआ?

देवयानी उठकर वापस आ गई। बाग़ और सागर-तट के मध्य का छोटा-सा

लकड़ी का फाटक ठीक से बन्द किया। कमरे में लौटकर भूमि पर पड़ा स्पंज उठाया, मेज़ साफ़ की, दोपहर के भोजन के लिए बर्तन लगाए, औस्कर के लौटने से पहले गुसलख़ाने में तैयार होने गई। सारे काम सुस्थ-संयत मन से निपटाए, फिर औस्कर की कार की आवाज़ सुनकर झटपट दरवाज़ा खोल दिया।

औस्कर ने आते ही उसे बाँहों में भर लिया। देवयानी उसकी ओर देखकर उजली-उजली हँसी हँस दी। औस्कर ने उसके बालों में उँगलियाँ फँसाकर दो बार हल्के-हल्के झटके देकर उसे छोड़ दिया।

भोजन के बाद औस्कर अपने स्टूडियो में चला गया और डाक में आए पत्र देखने लगा। देवयानी जाकर फ़र्श पर बैठ गई। औस्कर के घुटनों से टिककर उसे ताकने लगी। यह मैं हूँ–देवयानी! और यह औस्कर है, मेरा पति–यह मेरा घर है!

"अच्छा औस्कर, डूबते समय कैसा लगता होगा?" वह पूछ बैठी।

"एक बार तैरते-तैरते थक गया तो डूबने लगा! बड़ा प्यारा सम्वेदन था–जैसे नींद-सी आ रही हो। पानी के नीचे सूरज की रोशनी नीली दिखाई दे रही थी और हर चीज़ धीरे-धीरे हिल रही थी, वीड्स, मछलियाँ...उस वक़्त मुझे डूबना भी अच्छा लगने लगा, जैसे सारे क्रिया-कलापों से छुट्टी मिल रही हो।" औस्कर ने सहसा उसे ग़ौर से देखा, "तुम कुछ परेशान दिखती हो; क्या बात है?"

"कुछ भी तो नहीं!" देवयानी ने संयत, अकम्पित दृष्टि से उसे देखा।

"तुम्हारा चेहरा बड़ा पारदर्शी है, कुछ छिपा रही हो?"

"सच औस्कर, कुछ भी नहीं, ऐसे ही पूछ बैठी।"

देवयानी को सहसा अपनी दुष्टता में आनन्द आने लगा। वह औस्कर से कुछ गोपन रख सकती है, यह जानकर उसे कुछ सन्तोष हुआ। औस्कर के वापस आफ़िस जाने पर भी वह फ़र्श पर बाहर बैठी रही।

औस्कर के इन नक़्शों को फाड़ डालूँ तो? आधी-आधी रात जागकर वह पिछड़े हुए काम को पूरा कर रहा है।...तो क्या वह नाराज़ होगा? देवयानी ने अपने को सँभाल लिया।

"क्या खोजते हो औस्कर?"

"न जाने कहाँ चीज़ें गुम हो जाती हैं! सोचा था कि आज शाम को नैस्का हाउस का प्लान पूरा कर डालूँगा, पर लगता है कि ऑफ़िस में ही छोड़ आया।" औस्कर ने उत्तर दिया। वह कुछ देर देवयानी को देखता रहा, फिर उसके कन्धे पकड़कर बोला, "तुम क्या खोजती हो, देवी?"

"पता नहीं, औस्कर। रह-रहकर मन अकुलाने लगता है, जी चाहता है कि कपड़े उतारकर फेंक दूँ और बन्धन-मुक्त, अनावृता, सागर-तट की रेत पर दौड़ती जाऊँ।"

“और फिर?” डॉक्टर हुड ने पूछा।

देवयानी कुर्सी पर बैठी थी, अपने अन्दर उमड़ती अजानी भावनाओं के जाल में विवश-सी फँसी हुई। डॉक्टर हुड सायकियाट्रिस्ट थे और देवयानी उनके ऑफ़िस में अपने पैरों के अँगूठों को ताक रही थी, गीली रेत में चलने का सम्वेदन ताज़ा-सा था।

“और फिर सागर की एक लहर आकर मेरे पैरों को छू ले, फिर एक लहर, फिर एक और लहर—फिर कुछ नहीं, अँधेरा और गीलापन, और लहरों का वेग।”

ऑफ़िस से देवयानी मुस्कराती हुई निकली। औस्कर ने उसे देख बाँहें फैला दीं, आसपास के लोगों की परवाह न कर देवयानी उससे लिपट गई। उस क्षण औस्कर के प्रति जन्मा वैर-भाव उस स्पर्श में डूब गया। दोनों सटे-सटे कार तक आए, देवयानी को औस्कर से दूर हटना जैसे एक पल को भी सह्य नहीं हुआ, तो एक बाहु से उसे घेरे औस्कर कार ड्राइव करता रहा। 'नॉर्थ शोर' की ओर जाते हुए उन्होंने हार्बर से निकलती हुई 'ओरियाना' को देखा। औस्कर ने कार रोक दी और दोनों नीचे उतर आए। पुल की रेलिंग पकड़े हुए देवयानी उस नए सफ़ेद शिप को देखती रही।

“जापान होते हुए इंडिया जा रहा है। क्या तुम इच्छा कर रही हो कि तुम भी इस पर होतीं?” औस्कर ने पूछा।

“तुम्हें छोड़कर जाने का मन नहीं होता। कभी हम दोनों साथ-साथ लौटेंगे। हाँ, मैं ढेर-सी साड़ियाँ ख़रीदूँगी। क्वींसवे की दुकानों पर टँगी छपी साड़ियाँ हवा में फरफराती हैं, और हर कोने पर चमेली की वेणियाँ बिकती हैं—और वर्षा ऋतु में मेरे कैक्टस में फूल आते हैं...” देवयानी धीरे से हँस दी। फिर औस्कर की ओर देखती हुई बोली, “आज तुम्हारी आँखें नीली हैं, गहरी-गहरी नीली, आकाश से भी ज़्यादा नीली!”

औस्कर ने उसके दोनों कन्धे पकड़कर धीरे से हिला दिए।

“तुम्हारी आँखें गहरी हैं, सागर-सी, पर उनमें लहरें नहीं हैं—केवल अथाह गहरापन है, केवल नीला प्यार।”

“मुझे अधिक एम्बैरेस्ड न करो देवी।” पर देवयानी देख सकी कि औस्कर पहले से अधिक प्रफुल्ल हो आया है। उसने देवयानी के बाल छूते हुए कहा, “और तुम कहती हो कि तुम्हारे अन्दर सृजनात्मक शक्ति ख़तम हो गई है, यहाँ अच्छी-खासी कविता कर डाली। मेरी आँखें तो मटियाली हैं।” और फिर कुछ क्षण शान्ति के हैं, सम्पूर्णता के। औस्कर देवयानी की बाँहों में घिरा हुआ एक लम्बी साँस लेता है, और देवयानी भरी-भरी उसके होंठों को हल्के-हल्के चूसती है।

देवयानी डॉ. हुड के ऑफ़िस में बैठी है।

“मैं औस्कर को बहुत-बहुत प्यार करती हूँ।” वह कहती है और रुक जाती है, जैसे अपने हृदय में कुछ खोजती हो। कुछ देर चुप रहने के बाद, जैसे आश्वस्त होकर

कहती है, "मैं औस्कर को बहुत-बहुत प्यार करती हूँ—मैं बेहद भरी भी हूँ, फ़ुलफ़िल्ड! और बेहद अकेली भी। कभी-कभी तो मैं इतनी अकेली हो जाती हूँ कि औस्कर, उसके मित्र, सभी बड़ी दूर लगने लगते हैं, जैसे मेरे चारों ओर एक शीशे की दीवार आ खड़ी हुई हो।"

"क्या तुम वापस जाना चाहती हो?" डॉक्टर हुड कोमल स्वर में पूछते हैं।

"पता नहीं..." देवयानी का स्वर खो जाता है।

डॉक्टर हुड देवयानी को भले लगते हैं, उपचार सफल हो या नहीं, देवयानी उनके पास से हल्की-हल्की-सी लौटकर आती है और औस्कर के स्टूडियो में बैठकर उसे देखती है। बाहर जैपेनीज़ उद्यान है, और छोटा-सा फाटक।

"अब तो तुम आत्महत्या की बात नहीं सोचती हो, देवी?" नक़्शे पर झुके-झुके औस्कर ने पूछा।

देवयानी चिहुँककर उसे देखती है—"मैंने कभी आत्महत्या करने की बात नहीं सोची।"

'तो—इसलिए औस्कर ने मुझे सायकियाट्रिस्ट के पास भेजना आरम्भ किया?' वह मन में सोचती है। देवयानी अपने हाथों को देखती है और चोरों की तरह सोचने का प्रयत्न करती है कि उसकी किस बात से औस्कर को ऐसा प्रतीत हुआ। वह अपने हाथों से आँखें उठाती है तो औस्कर से दृष्टि मिल जाती है, औस्कर मुस्कराता नहीं; उसे सीधी, अनझिप दृष्टि से ताकता है। देवयानी उन आँखों से बचना चाहती है, पर वह दृष्टि जैसे शरीर को भेद रही है।

दोनों हाथों से अपने को बचाने का प्रयत्न करती देवयानी चीख़ उठी। देवयानी आँखें खोलती है। वह अपने बिस्तर पर लेटी है, और पास में औस्कर है; वह पीठ के बल लेटा छत को ताक रहा है। उसका चेहरा कसा-कसा है। देवयानी जाग गई है, यह भाँपकर वह अपनी बाँह पर उसका सिर रख लेता है और धीरे-धीरे उसके बाल सहलाता है।

ताँबे के दीपाधार में एक बल्ब जलता है। देवयानी कुछ सुनना चाहती है, पर अब सब ओर सन्नाटा है, न पत्तियों पर वर्षा, न लहरों का स्वर।

"औस्कर!"

"हाँ रानी।"

"मुझे क्या हो गया है?" वह डरी हुई पूछती है।

"कुछ भी नहीं, देवी। मैंने अनुभव किया है कि मैं अपने काम में इतना व्यस्त हो गया कि तुम्हें अधिक समय नहीं दे पाया—और तुम अकेला महसूस करने लगीं। अब मैं कुछ हफ्तों में काम समाप्त कर लूँगा। फिर हम-तुम लम्बी छुट्टी पर चलेंगे। कहाँ चलना चाहोगी? योरप या मेक्सिको?"

औस्कर की बाँह सबल है, उसका स्वर भीगा और कोमल; पर देवयानी को लगता है कि निदान इतना सरल नहीं है।

"छुट्टी से आने के बाद तुम्हारे लिए एक नया घर प्लान करूँगा। ऊँचे पहाड़ पर, जहाँ से नीचे दूर हरदम सागर दिखाई देता रहे, हमारी-तुम्हारी अलग-अलग स्टूडियोज़ और बच्चों के लिए नर्सरी।"

"मुझे यह घर छोड़ते हुए दुख होगा।"

"हम लोग जाड़ों में यहाँ रहा करेंगे और गर्मियों में नए घर में चले जाया करेंगे। और एक सेलबोट भी ले लेंगे। तुम्हें तैरना सीखना पड़ेगा।"

देवयानी के मन में एक दुष्ट विचार आता है : मुझे सागर से दूर ले जाना चाहता है औस्कर, और बच्चों का फुसलावा दे रहा है! कहाँ हैं अभी बच्चे?

इस विचार के साथ ही देवयानी औस्कर से कुछ दूर सरक जाती है, उसके मन में जो एक दानव उत्पन्न हो गया है, उसे नोंचता रहता है।

श्री करतारसिंह देवयानी को साथ ले जाने के लिए आए हैं। सिक्ख भाइयों के प्रयत्न से वैनकूवर आइलैंड में एक गुरुद्वारे की स्थापना की गई है। फ़ैरीबोट से देवयानी जाएगी और रात तक लौट आएगी। औस्कर सोचता-सा देवयानी को देखता है। देवयानी छोटी बच्ची-सी उत्साहित है। यहाँ आए इतने दिन हो गए हैं, पर अभी तक वह कैनेडावासी भारतीयों से नहीं मिली है। वहाँ स्त्रियों में मिलकर बैठेगी, बात करेगी, भोजन बनाने में सहायता करेगी। उसने एक अच्छी-सी साड़ी निकालकर पहन ली और जल्दी-जल्दी बाल सँवार रही है।

"तुम मेरी ओर से चिन्ता न करो औस्कर! मैं रात तक लौट आऊँगी," वह जूड़े में पिन खोंसते हुए कहती है।

औस्कर कमरे की दहलीज़ पर टिका खड़ा है और देवयानी के प्रसाधन देख रहा है। बहुत दिनों बाद माथे पर बिन्दी लगाई गई है।

"बिन्दी तो खो गई थी न?" उसने कहा।

"हूँ!" देवयानी कहती है। औस्कर सहसा लौट पड़ता है। देवयानी भौंहें सिकोड़कर कुछ याद करने का प्रयत्न करती है, पर कुछ, कहीं भूल गई है।

श्री करतारसिंह के लिहाज़ से औस्कर देवयानी को विदा देते समय कसकर भींचता नहीं।

"बी गुड।" वह पुकारकर कहता है।

"तुम भी।" देवयानी मुड़कर हाथ हिलाती है।

फ़ेरीबोट धीरे-धीरे वैनकूवर आइलैंड की ओर बढ़ती है। देवयानी रेलिंग से टिककर खड़ी हो जाती है और बहुत दिनों पहले के गीत की एक कड़ी होंठों पर आ जाती है। हवा में आँचल फड़फड़ाता है। देवयानी प्रसन्न है, और अब औस्कर का ध्यान नहीं आता।

गुरुद्वारे के बाहर जूतों और चप्पलों का ढेर है। अन्दर से तबले, हारमोनियम

की बड़ी परिचित आवाज़ आ रही है। देवयानी का तन-बदन सिहर उठता है।

देवयानी ने सिर ढँक लिया और श्री करतारसिंह के साथ गुरुद्वारे में प्रविष्ट हुई है, दीवार से एक ओर सटी स्त्रियाँ बैठी हैं—परिचित भारतीय चेहरे—देवयानी उनके पास जाकर बैठ जाती है, और अविश्वास से उन्हें देखती रहती है। चेहरे वही हैं, कहीं भी देखे जाएँ, भारतीय चेहरे नहीं छिपते—पर सफ़ेद बालोंवाली वे वृद्धाएँ, प्रौढ़ाएँ पाश्चात्य परिधान में कैसी असंगत-सी दिख रही थीं!

हरजीत कौर उसके पास खिसककर प्रश्न पूछने लगी—"कहाँ रहती हो, बाल-बच्चे हैं या नहीं, पति क्या करता है?"

देवयानी का पति कैनेडियन है, यह सुनकर वह कुछ देर कुछ नहीं कहती। फिर वह पंजाबी मिश्रित हिन्दी में कहती है कि उसे पति के साथ यहाँ आए तेईस बरस हो गए हैं। बेटा एक अमरीकन लड़की से विवाह करना चाहता था, पर उसे समझा-बुझाकर राह पर ले आई और पंजाब से एक सोनी-सी कुड़ी बुलाकर उसकी शादी कर दी।

हरजीत ने पुत्र-वधू को पास बुला लिया। वह सचमुच सुन्दर थी, दुबली-पतली; दो बड़े-बड़े हीरे की अँगूठियों को चमकाती हुई वह देवयानी से इंगलिश में ही बातें करने लगी। पति एक लम्बर कम्पनी का मालिक था, खूब धन था, पर वह दोनों भारत जाने की सोच रहे थे। यहाँ रहने में कोई इज़्ज़त नहीं है। वह ईस्ट इंडियन कहलाते हैं, अपने देश में भले ही इतना धन न हो, अपना देश तो है!

हरजीत से देवयानी के बारे में सुनकर कुछ स्त्रियाँ पास सरक आईं और प्रश्नों की बौछार करने लगीं। कैनेडियन पति है तो खूब पैसा होगा, खूब प्यार करता होगा। कब तक साड़ी पहनोगी? जब यहाँ बस गई हो, तो यहीं की पोशाक पहनो।

श्री करतारसिंह नीचे खाने-पीने के प्रबन्ध में व्यस्त थे। देवयानी ने उन्हें ढूँढ़ निकाला और कहा, "मैं वापस जाऊँगी।"

"रात तक पहुँचा देंगे। अभी तो भोजन भी नहीं किया..."

देवयानी अपनी बात पर अटल रही। चप्पलें पहनकर जब वह जाने को मुड़ी तो किसी ने बाँह थाम ली।

"बहन!" यह ग्रन्थी साहब की पत्नी थी, जो तीन दिन हुए भारत से आई थी, "इतनी जल्दी जा रही हो? भोजन बन जाता तो खाकर जातीं।"

"नहीं—वह इन्तज़ार कर रहे होंगे।" देवयानी न जाने क्यों औस्कर का नाम न ले सकी।

"फिर आना बहन—अपने साहब को भी लाना। मैं राह तकूँगी।"

"अच्छा!" देवयानी ने हाथ जोड़कर नमस्कार किया और लौटते हुए फ़ेरीबोट की रेलिंग पर गाल टिकाए दूर पर्वत-शृंखलाओं को ताकती रही।

आकलिंड परिवार में एक व्यक्ति की वृद्धि हुई है। स्वीडन से औस्कर का चचेरा भाई आया है, नाम है यास्पर—सत्रह साल का दुबला-पतला, लम्बा-सा स्वीड। देवयानी को एकटक ताकता है। ऐसी काली आँखोंवाली स्त्री कभी नहीं देखी।

दोनों में पटने लगी है, यह देख औस्कर ने चैन की साँस ली। डॉक्टर हुड के पास हर सप्ताह जाना ज़ारी है, बाक़ी समय में घर का काम और यास्पर के सवालों का जवाब।

चौदह साल की उम्र में स्कूल छोड़कर घर से भाग निकला, दो साल इधर-उधर भटकता रहा, फिर एक साल की मिलिटरी सर्विस समाप्त कर कैनेडा आने तक पैसे जोड़े और यहाँ आ गया। सीधी-सादी जीवनी है यास्पर की। औस्कर कुछ परिचितों से कहकर उसे काम दिलाने का प्रयत्न कर रहा है। ख़ाली समय में यास्पर समुद्र में तैरता या रेत पर तौलिया बिछाकर 'सन बेदिंग' करता है।

कभी-कभी देवयानी को लगता है कि यास्पर और औस्कर मिलकर उस पर चौकीदारी कर रहे हैं। हर समय रेत पर लेटे यास्पर को देखकर देवयानी को झुँझलाहट होती है, जैसे कोई उसके राज्य में ज़बरन घुस आया हो।

कभी-कभी वह उसके पास जाकर एक लकड़ी के लट्ठे पर बैठ जाती है। औस्कर को देवयानी के खुले रूखे बाल अच्छे लगते हैं, इसलिए देवयानी ने उन्हे बाँधना छोड़ दिया है। वृक्ष के तने पर बैठकर, रेत में पैर गड़ाकर वह कभी-कभी बालों को गूँथने लगती है।

"तुम्हें कोई गाना आता है यास्पर?"

यास्पर अचानक ही स्वीडिश में गीत गाने लगता है और देवयानी की हँसी एक खिलखिलाहट में बिखर जाती है।

"तुम्हें एक भारतीय गीत सुनाऊँ—सुनोगे?"

देवयानी गुनगुनाती है, पर कोई गीत याद नहीं आता। वह भौंहें सिकोड़कर सोचती है और फिर हल्के-हल्के गाती है :

"निशार-स्वप्न छुटलो रे एइ छुटलो रे!"

यास्पर हँसता नहीं, बहुत गम्भीर होकर सुनता है। देवयानी उत्साह में भरकर आगे गाती है—

"शरते आज कोन अतिथि एलो प्राणेर द्वारे।"

"आनन्द-गान गा रे हृदय!"

गीत रुक जाता है, और अब याद नहीं रहा। सबकुछ भूल गया है। देवयानी फाटक खोलकर उद्यान में घुसती है। औस्कर के बिना घर अच्छा नहीं लगता। देवयानी नित्यप्रति के कामों में व्यस्त हो जाती है। रह-रहकर गीत गाने का मन होता है, और फिर बर्तन धोते हुए वह स्मृति में पड़े रह गए गीतों को गड्डमड्ड कर गाने लगती है।

यास्पर धूप में सोता है, पड़ोसी अपने घरों के आगे 'बीच' पर तैरने जा रहे हैं—दो बच्चों की हँसी और चीख़-पुकार।

देवयानी डॉक्टर हुड के बारे में सोचती है, और जब औस्कर लौटकर आता है तो देवयानी अप्रयोजन ही उसके चारों ओर डोलती है और भोजन के बाद वह जाने की तैयारी करता है तो वह उसके हाथ थामकर कहती है, "आज मेरे पास रुक जाओ, औस्कर!"

"मुझे एक बड़े ज़रूरी क्लायंट से..." औस्कर कहते-कहते रुक जाता है, वह अपनी सेक्रेटरी को ऑफ़िस में फ़ोन कर देता है कि वह अब नहीं लौट पाएगा। देवयानी दोनों बाँहें फैलाकर एड़ियों के बल एक चक्कर लगाती है, फिर हँसती-हँसती औस्कर के ऊपर गिर जाती है—खुले बाल चेहरा ढँक लेते हैं, आँचल लुढ़क जाता है और बाँहों में घिरे औस्कर का चेहरा शान्त दिखता है।

औस्कर को एक कांफ़रेंस में डेट्रोयट जाना है। देवयानी को यह अच्छा नहीं लगता—पर वह कुछ नहीं कहती। मन की बात को दबा लेने से सिर में दर्द हो जाता है। सुबह से ही वह रह-रहकर सिर थाम लेती है। औस्कर को यह पता नहीं है। वह सुबह-सुबह ऑफ़िस चला गया है, कांफ़रेंस से लौटकर वह देवयानी के साथ लम्बी छुट्टी पर जाएगा—देवयानी सैनफ्रांसिस्को जाना चाहती है, कुछ परिचित हैं वहाँ।

औस्कर लौटकर आता है और अपना सामान पैक करता है। देवयानी पर आश्रित नहीं है वह—अलमारी से कपड़े निकालता हुआ वह देवयानी से बातें करता है, "अकेलापन लगे तो माँ के पास चली जाना। कितने दिनों से गई नहीं हो। और यहाँ यास्पर तुम्हारी देखभाल को है ही। मुझे छह दिन लग जाएँगे। जाना नहीं चाहता हूँ पर कई महीने पहले वचन दे चुका हूँ।"

औस्कर को एयरपोर्ट पर छोड़कर देवयानी लौटकर आती है। वह मेज़ पर सिर टिकाकर सुबक-सुबककर रोती है, एक आहत बच्ची की तरह और मन ही मन कहती है, पता है कि मुझे तुम्हारे बिना अच्छा नहीं लगता, फिर भी मुझे छोड़कर चले गए? क्या साथ डेट्रोयट नहीं ले जा सकते थे? एक हफ्ते डॉ. हुड के पास उपचार को न जाती तो क्या हो जाता? फिर मैं तो भली-चंगी हूँ, सिरफिरी तो हूँ नहीं।

"फौर यीट्स सेक।" यास्पर झुँझला उठता है। उसमें देवयानी के विचित्र आचरण के प्रति सहानुभूति नहीं है।

"मैं तैरने जा रहा हूँ।" वह कहता है और नंगे पैरों 'बीच' की ओर चला जाता है।

तीन दिन देवयानी गुमसुम पड़ी रहती है। उदासी का ऐसा घना कुहरा छा जाता है कि कुछ भी करने का मन नहीं होता। डॉक्टर हुड के अपॉयंटमेंट का समय निकल जाता है।

यास्पर भोजन बना लेता है। देवयानी से कुछ खाया नहीं जाता। यास्पर उसके एकान्त चिन्तन में बाधा नहीं देता, उद्यान के फाटक के आगे सारे दिन लेटा रहता है, कभी-कभी उठता है और पानी में तैरता हुआ दूर तक चला जाता है। कुछ देर में लौटकर वह रेत पर खड़े होकर तौलिए से अपना शरीर पोंछता है और उस समय वह एक लम्बे, युवा शाल-वृक्ष की तरह दिखाई पड़ता है।

देवयानी गिनती है कि औस्कर के आने के तीन दिन और बाक़ी हैं–उसका शरीर जैसे शक्तिहीन होता जा रहा है, बड़े-से पलंग में अकेली खो-सी गई है।

यास्पर के हठ करने पर देवयानी कुछ ग्रास खाती है। यास्पर उसका पीला चेहरा देखकर भयभीत हो उठा है। उसने देवयानी को प्रसन्न करने का प्रयत्न किया है, खाने की मेज़ पर दो मोमबत्तियाँ जलाई हैं, बढ़िया काँच के गिलासों में मदिरा ढाली है, पर देवयानी चुप है, उसकी आँखों में कुहिर जड़ता है। यास्पर उठकर रिकॉर्ड के स्टैक में कुछ ढूँढ़ता है, और फिर भारतीय वाद्य-वृन्द का रिकॉर्ड बजाता है।

''देवी–तुम सैर को चलोगी? ताज़ी हवा से तुम्हारी तबीयत ठीक हो जाएगी।''

''अच्छा।'' देवयानी प्रतिवाद नहीं करती।

जब तक यास्पर गैराज से औस्कर की कार निकालता है, देवयानी अनमने भाव से संगीत सुनती है।

यास्पर हॉर्न बजाता है और देवयानी उठकर बाहर आ जाती है। यास्पर के पास लाइसेंस नहीं है। इसलिए वह प्रमुख सड़कों पर नहीं जाता। दो-तीन मोड़ मोड़कर सड़क पर जाकर वह कार रोक देता है और देवयानी को उतरने में सहायता देता है। पर्वतों से आई हवा सुखद लगती है, चारों ओर खारे पानी की गन्ध है...।

देवयानी में प्राण लौटते हैं। यास्पर दीवार से टिका खड़ा सिगरेट पीता है। रात में पानी काला दिखता है, दूर फ़ेरीबोट दिखाई देती है।

''तुम कभी डेट्रोयट गई हो, देवी?'' यास्पर पूछता है।

''नहीं।''

''तुम औस्कर के साथ चली जातीं तो ठीक रहता। शायद औस्कर को पता नहीं है कि तुम उसे इतना 'मिस' करोगी।''

फिर न जाने क्यों उसने कहा, ''मैं भी अपनी 'गर्ल' को छोड़ आया हूँ; मेरे आते समय बहुत रो रही थी, पर अब तक उसने दूसरा फ्रेंड ढूँढ़ लिया होगा!''

देवयानी थककर कार की ओर लौटी–यास्पर ने कार स्टार्ट करते हुए कहा, ''कभी-कभी उसकी बड़ी याद आती है।''

देवयानी आँखें मूँदकर, सीट से सिर टिकाकर बैठ गई।

लौटकर पाया कि खाने के कमरे में मोमबत्तियाँ अभी जल रही हैं–फूँक से उन्हें बुझा देने पर अँधेरा हो गया और देवयानी अपने कमरे में लौटकर सोने की तैयारी में कपड़े उतारने लगी।

"देवी—सोने से पहले मैं एक बार तैरने जा रहा हूँ।" यास्पर ने बाहर से कहा।

"यास्पर-यास्पर!" देवयानी ने एकाएक चीख़ती हुई आवाज़ में पुकारा।

भागकर आया यास्पर कमरे की दहलीज़ पर ठिठक गया। अर्द्ध-अनावृता देवयानी ने उसके गले में अधीर बाँहें डालकर अपनी ओर खींच लिया।

न जाने कितनी रात बीत चुकी है। यास्पर गहरी नींद में सोया है। बाथरूम में शायद उसने बत्ती जलती छोड़ दी। प्रकाश की धूमिल किरण में यास्पर एक देवशिशु-सा लगता है।

पलंग से उतरकर देवयानी कुछ देर उसे ताकती रहती है। बाहर आज कोहरा नहीं है, आकाश में चाँद है और ज्वार के कारण पागल लहरें तट से बार-बार टकराती हैं।

देवयानी एक लम्बी साँस लेती है।

उद्यान का फाटक खोलने पर गीले रेत के स्पर्श से उसके ऊपर अपूर्व शान्ति छा जाती है।

देवयानी आगे बढ़ती जाती है।

पिघलती हुई बर्फ़

"कौन रोया?"

"कोई नहीं।"

"कोई रोया था।"

"कोई नहीं रोया।"

"बीरू! बीरू! बीरू!"

"इस तरह चीख़ते क्यों हो? बीरू अब कहाँ?"

"बीरू कहाँ है?"

"बीरू तो मर चुका।"

"बीरू?"

"बीरू नहीं है। बीरू तीन साल पहले मर चुका।"

"मर गया?"

"हाँ—याद नहीं है, वह आँधी-पानी वाली रात, बर्फ़ पर रक्त के दाग़, लाल कीचड़।"

"और सुधीरा? कहाँ हो सुधीरा? सामने आओ, तुम्हें एक बार देखना चाहता हूँ, सुधीरा।"

अक्षय ने चौंककर आँखें खोलीं। कुछ देर निश्चल लेटा रहा, कैसा विचित्र स्वप्न था! कमरे में अभी भी जैसे सुधीरा की आवाज़ घूम रही थी। पर यह बदरंगे वॉलपेपर वाला कमरा नहीं है, बाहर थर्ड स्ट्रीट की ट्रैफ़िक भी नहीं; घर शुक्लाजी का है, बरामदे के उस पार शुक्लाजी का शयन-कक्ष है, उनकी पत्नी, और गुड्डी। नहीं, यह थर्ड स्ट्रीट पर अक्षय का पुराना कमरा नहीं है। खिड़की खोलने पर कोने पर अभी-अभी मुड़ती सुधीरा नहीं दिखाई देगी। फिर दरवाज़ा नहीं खुलेगा और हँसती, उल्लसित सुधीरा आकर खड़ी नहीं होगी। कभी नहीं। अब कभी, कभी, कभी नहीं। वहाँ वापस लौटने पर भी नहीं। थर्ड स्ट्रीट के कमरे में, खिड़की खोलकर खड़े रहने पर भी नहीं। पूरी ज़िन्दगी खड़े रहने पर भी नहीं। पागलों की तरह सुधीरा का नाम पुकारते हुए सड़क पर भागने पर भी नहीं। कभी नहीं। अब कभी नहीं।

अब सुबह होनेवाली है। अक्षय उठकर चारपाई पर बैठ गया है। रात के प्रथम पहर में देखा गया स्वप्न अब धूमिल पड़ गया है। सिर में थोड़ा-थोड़ा दर्द है। हाथों से माथा थामकर अक्षय याद करने की चेष्टा करता है। सुधीरा कमरे में आई थी, कुछ कह रही थी, शायद बीरू के बारे में। बीरू अब कहाँ? बीरू तो तीन साल हुए मर चुका।

अक्षय बहुत देर, उसी तरह, हाथों में माथा थामे बैठा रहा। बाईं कनपटी पर एक नस दुखती रही। टू मच, दिस बिजनेस ऑफ़ लिविंग...यह बोझ, यह थकान, अब और नहीं, और नहीं। सुधीरा, क्या अन्त में तुम ही जीतोगी? क्या बीरू के बदले मुझे लेकर ही तुम्हारी आवाज़ चुप होगी? अक्षय ने बड़ी चेष्टा से अपने को इन विचारों से अलग किया। उसने चप्पलों में पैर डाले और उन्हें अनिच्छा से घसीटता हुआ उठा और कॉफ़ी परकोलेटर का प्लग लगा दिया। पुरानी आदत शीघ्र नहीं छूटती। भाभी मिसेज़ शुक्ला, कॉफ़ी व पानी रात को ही रख जाती हैं। अक्षय उस छोटी-सी खिड़की के किवाड़ के सहारे खड़ा हो बाहर देखने लगा। रात फिर पानी बरसा था। इस समय हवा ठंडी है और रात में फूले हुए पुष्पों की सुगन्ध से बोझिल। कुछ देर में पूरी तरह उजाला होगा। एक नया दिन प्रारम्भ होगा। अक्षय तैयार होकर, शान्त, स्वस्थ-चित्त कॉलेज जाएगा और पूरे दिन अपने को व्यस्त रखेगा। क्लास में पढ़ाएगा, हाज़िरी लेगा, स्टाफ़-रूम में लौटकर कॉफ़ी पिएगा। और, शायद आज नई रात को अक्षय आत्महत्या कर ले और कल जगह-जगह छोटे-छोटे समूहों में खड़े होकर उसके साथी, विद्यार्थी उसकी मृत्यु पर खेद प्रकट करें। शायद छवि रोए।

कॉफ़ी तैयार है। अक्षय मुड़कर काँच के ढक्कन में कॉफ़ी का रंग देखता है। अभी कुछ और गाढ़ी होने दो। यह सिर-दर्द, यह नया दिन, अपने को ढकेल-ढकेलकर काम करवाना और सबके सम्मुख संयत चेहरा प्रस्तुत करने का श्रम!

उजाला होने के साथ ही महरी आती दिखाई देती है। वह अनाहार के कारण सूखी हुई, कड़े हाथोंवाली, उसकी कसी हुई साड़ी घुटनों से ऊपर है और उन खुले हुए काले पैरों में कहीं कुछ सेंसुअस नहीं।

उसके कुंडी खड़काने से पहले ही दरवाज़ा खुल जाता है। महरी के बाद दूधवाला।

फिर गुड्डी का रोना।

कमरे में ताज़ा कॉफ़ी की महक मँडराती है।

गुलमेहँदी की पंखुड़ियाँ कीचड़ में गिरी हुई हैं।

स्वप्न में कौन रोया था?

बस करो सुधीरा, क्या एक पल चैन नहीं लेने दोगी?

सुबह का नाश्ता। नहाई-धोई भाभी टोस्ट सेंक रही हैं। गुड्डी अपने चम्मच को बार-बार प्लेट पर मार रही है। फिर वह अक्षय से पूछती है, "चाचाजी, मेरी तसवीर लेंगे?"

“हाँ गुड्डो, अगर धूप निकलेगी तो लेंगे!”

“कौन-सा मेक है कैमरा?” शुक्लाजी ने पूछा।

“याशिका।”

“थोड़ा-सा मुस्कराओ सुधीरा! अक्षय, तुम कुछ पास आओ। बस, अब ठीक।” बीरू तसवीर खींच रहा है। सुधीरा अक्षय की आँखों में देखकर धीरे-धीरे, दुष्टतापूर्वक हँसती है। बीरू अब नहीं है। कैमरा बीरू का है। अक्षय को याद आता है।

“चाचाजी, आज धूप निकलेगी?”

“हाँ, गुड्डो।”

“मेरी तसवीर लेंगे?”

“एक बात कितनी बार पूछोगी गुड्डी?” भाभी कहती हैं, “चाचाजी को तंग नहीं करते, रानी।”

गुड्डी की आँखें उजली हैं, उनमें काली पुतलियाँ हैं, पुतलियों में अक्षय ने अपना प्रतिबिम्ब देखा। अक्षय उस प्रतिबिम्ब को कुछ देर देखता है।

हत्यारा!

कभी धूप, कभी वर्षा। एक हाथ में छाता और दूसरे में किताबें लिए अक्षय कीचड़ से बचता हुआ सड़क पर चल रहा है। इस समय भी मस्तिष्क शून्य है। आँखें दृष्टिहीन। सड़क, धब्बे, कीचड़, मटमैला आकाश, पास से गुज़रते दो व्यक्तियों के कपड़ों से पसीने की भभक। एक यही ज़िन्दगी, यही ज़िन्दगी, होंठ भिंचे हुए, मस्तिष्क विचारहीन। एक धब्बा, दुनिया की लम्बी, सपाट सड़क पर केवल एक धब्बा। अक्षय आँखें कई बार झपकाकर देखता है। नहीं अक्षय, यह ग़लत है। अक्षय ने अपने आपसे बातें करने की आदत सीख ली थी। ग़लत है, प्रत्येक प्राणी को जीना है, अपने अन्दर राग, द्वेप, दोष, अपराध, इनका बोझ लिए भी जीना है, औरों के आगे मुस्कराना है।

पर यह साँसें लेने का प्रोसेस कितना मुश्किल, कितना दुश्वार! अक्षय ने आसपास सड़क पर आने-जानेवाले व्यक्तियों को देखा। क्या इनमें से कोई, हर समय, उसकी तरह अपने से द्वन्द्व करता रहता है? क्या उसकी तरह कोई विक्षिप्त है, जो कि एक शब्द के पास दूसरा शब्द रखकर, पंक्तियाँ, पृष्ठ, पोथे न लिख पाने के कारण धीरे-धीरे टूटकर, बिखरता जा रहा है?

धोखेबाज़! कब तक अपने को धोखा दोगे? असली गाँठ सुधीरा है। सुधीरा ही है वह बड़ा-सा हिमखंड, जो हृदय के स्थान पर आकर जम गया है। सुधीरा है जो हांट करती है, जागते-सोते। सुधीरा—मुझे निष्कृति दो, मुझे और मत टॉर्चर करो।

अक्षय के लेखक प्रोफ़ेसर ने कहा था—‘यह मेंटल ब्लॉक गहरे इमोशनल शॉक के कारण है। तुम वापस इंडिया लौट जाओ। वहाँ जाकर इस क्राइसिस से मुक्ति पाओगे!’

आषाढ़ की वर्षा में भीगता हुआ अक्षय शुक्लाजी के घर पहुँचा।

''तुम! ख़बर भी नहीं दी!'' शुक्लाजी ने उत्साह-भरी बाँहों में उसे भींच लिया और भाभी, हँसती हुईं, आँचल सिर पर खींचती बाहर निकल आईं।

''हाय, कितने दुबले हो गए हैं! और लोग तो विदेश में खूब मोटे होके आते हैं! बीमार थे क्या?''

''नहीं भाभी,'' अक्षय ने कहा। भाभी के उजले माथे पर दमकती लाल बिन्दी, चेहरे पर असीम स्नेह और अश्रुप्रोज्ज्वल आँखें। अक्षय को लगा कि जिस अतीत को पीछे छोड़ आया है, उससे उबरकर, फिर से जी सकेगा। यहाँ स्नेह और करुणा है, जल-भरे मेघ और सुगन्ध-बोझिल पवन, अपनी मिट्टी, अपना देश!

शुक्लाजी ने यह नया घर उसकी अनुपस्थिति में बनवा लिया था। मेहमान-कमरे में अक्षय का सामान रख दिया गया और गुड्डी सन्दूक खुलने के लालच में आसपास चक्कर काटने लगी। अक्षय ने चलते-चलते न्यूयॉर्क में गुड्डी के लिए एक गुड़िया और भाभी के लिए नायलौन जार्जेट की दो साड़ियाँ ले ली थीं। अपनी इस व्यावहारिकता पर उसे अब प्रसन्नता हुई।

जब वह नहा-धोकर बाहर आया तब तक भाभी ने तमाम चीज़ें बना ली थीं।

''सारे पकवान एक ही दिन में खिला देंगी क्या?'' उसने पूछा। भाभी मुस्करा दीं।

''भाई, तुम भी खूब हो। दो साल में हमें एक चिट्ठी भी नहीं डाली। कुछ पता ही नहीं चला कि तुम कहाँ हो, क्या कर रहे हो?'' शुक्लाजी ने कहा।

''एक जगह टिककर बैठा ही नहीं। इधर से उधर भटकता रहा।''

''तीन साल में तो पी-एच.डी. कर सकते थे।''

''हाँ, कर तो सकता था पर एकाएक मन उचट गया,'' अक्षय ने कहा।

भाभी ने कहा, ''हम तो सोच रहे थे कि आप वहाँ से शादी करके लौटेंगे, पर आप तो जैसे अकेले गए थे वैसे ही वापस आ गए। क्या हुआ उस लड़की का? पटी नहीं?''

अक्षय एकाएक कुछ कह न सका। फिर उसने सायास हँसते हुए कहा, ''कुछ ऐसा ही समझ लो।'' उसे अपने पर आश्चर्य हुआ कि उसने ऐसा एक पल के लिए भी क्यों सोचा कि इंडिया लौटकर सब बदल जाएगा। मुझमें कुछ नहीं बदलेगा। कुछ नहीं। कुछ नहीं। सुधीरा हांट करेगी। आओ सुधीरा, आओ।

फिर अक्षय शुक्लाजी के साथ ही यूनिवर्सिटी गया। तीन साल बाद, अचानक, बिना पी-एच.डी. की डिग्री लिये अक्षय के लौटने से सभी को आश्चर्य हुआ। कुछेक ने फब्तियाँ कसीं, कुछ लोगों ने अक्षय के प्रथम उपन्यास पर बधाई दी।

''अब कुछ लिख रहे हो?''

''नहीं।''

''तुम्हारी पुस्तक की तो बहुत प्रशंसा हुई।''

आवाज़ें, तीन साल पहले यही लोग थे, हँसी-मज़ाक, सलाह-मशविरे के साथी थे। आज? कोई नहीं। केवल अकेलापन, नितान्त अकेलापन। अक्षय परिचित इमारतों के आसपास चक्कर लगाता है। जामुन के पेड़ की पत्तियों से ढेर सारी पानी की बूँदें उसके ऊपर आ गिरती हैं—चारों ओर बड़ी-बड़ी घास उगी हुई है। यहाँ सीधी-सपाट धरती है, ऊँची-नीची पहाड़ियों के बीच कैम्पस की इमारतें नहीं, बर्फ़ नहीं, लेक का किनारा भी नहीं। एक शताब्दी पहले खड़ी की गई इमारतें हैं, रंग-बिरंगी साड़ियों के आँचल, वर्षा में भीग-भीगकर काले पड़ गए पेड़ों के तने और हरे बाँसों की लचीली फुनगियाँ।

अक्षय घर लौट आता है। गुड्डी अपनी नई गुड़िया से खेल रही है। भाभी रसोई में हैं। अन्दर से उनके बर्तन खटकाने की आवाज़ आती है।

और फिर धीरे-धीरे पूरा दिन बीतता है। सन्ध्या को कुछ और लोग मिलने आते हैं, फिर वर्षा की रात का अँधियारा, फिर रात मेढकों का सम्मिलित स्वर, कभी-कभी बादल गरजते हैं। कमरे की दीवारें सफ़ेद, सूनी हैं। अक्षय चारपाई पर लेटकर नींद आने की प्रतीक्षा करता है। हर पन्द्रह मिनट पर घड़ी बजती है, पर नींद नहीं आती।

सुबह कॉफ़ी, गुड्डी की लगातार बातें, फिर क्लास में जाने की तैयारी। क्लास में लेक्चर देते हुए अक्षय एक क्षण को रुका। 'इस समय जो पढ़ा रहा हूँ, क्या वह अत्यन्त आवश्यक है? यदि मैं किताब बन्द कर दूँ, तो इन छात्रों के ज्ञान में कुछ कमी होगी?' पर वह रुका नहीं, पढ़ाता रहा। क्लास के बाद लाइब्रेरी में चला गया। एक पुरानी अमरीकी पत्रिका निकालकर अपनी पुस्तक का रिव्यू पढ़ा। केवल एक पुस्तक, केवल एक प्यार—और उसके बाद कुछ नहीं। अब कभी कुछ नहीं। न प्यार, न पुस्तक, न ब्रिलिएंट छात्र, न अध्यापक। एक धब्बा। लाल कीचड़।

दूसरी क्लास प्रारम्भ होने में आधे घंटे की देर थी। अक्षय स्टाफ़-रूम में लौट आया। बातचीत के दायरे से अलग, शुक्लाजी के पास बैठी एक युवती को देखकर हल्का-सा चौंका और फिर उसने छवि को पहचान लिया।

"इन्हें जानते हो, अक्षय?" शुक्लाजी ने पूछा।

"हाँ—कुछ साल पहले पढ़ा भी चुका हूँ।" अक्षय ने कहा और पाया कि अपने पहचाने जाने पर छवि थोड़ा-सा विस्मित हुई है। उस शर्मीली आँखोंवाली छात्रा और इस पूर्ण युवती में बहुत अन्तर आ गया है। सुन्दर वह तब भी नहीं थी, अब लम्बे-पतले चेहरे पर गाम्भीर्य की छाप है, अपने आपको स्वीकार कर लेने की शान्ति और सहजता। अक्षय को छवि से ईर्ष्या हुई।

उसने छवि को और निकट से देखा। नहीं, छवि सुन्दर नहीं। उसमें न वाचालता है, न किसी प्रकार की रेस्टलेसनेस। काले पाड़ की सफ़ेद साड़ी पहने है, सादे बाल हैं, पीछे जूड़ा, कोई प्रसाधन नहीं। उसे एकटक देखती है और हाथ में चाय का प्याला थामे है।

लौटते समय शुक्लाजी छवि की बात करते रहे। तब तक अक्षय अनमना हो आया। उसे अब इधर-उधर की चर्चा में रस नहीं आता। छवि है छवि उपाध्याय, बस अक्षय को और नहीं सुनना। छवि है, तो हुआ करे–पेड़ हैं, पत्तियाँ हैं, आकाश है।

अक्षय ने अपने को समेटकर, सिकोड़कर, जैसे एक दायरे में बन्द कर लिया। शुक्लाजी कहते गए, छवि क्लास में प्रथम आई थी, उसकी नियुक्ति कराने में प्रोफ़ेसर सागर को बड़ा विरोध सहना पड़ा। बड़े-बड़े चर्चे हुए। पर पिछले दो वर्षों से किसी को कुछ कहने का अवसर नहीं मिला। छवि बड़ी इंटेलिजेंट लड़की है। छात्रों में भी उसका बड़ा सम्मान है।

शुक्लाजी के चेहरे पर स्निग्ध मुस्कान दौड़ गई। उन्होंने कहा, "और भाई, विभाग में कोई लेडी रहे तो अच्छा रहता है। टोनिंग अप हो जाती है। लोग क़ायदे से रहते हैं और भद्दे हँसी-मज़ाक नहीं करते। जब से छवि को टी-क्लब का इंचार्ज बना दिया है, खूब बढ़िया चाय मिलती है। सब लोग ठीक समय पर चन्दा दे देते हैं।"

कितना बोलते हैं शुक्लाजी, अक्षय ने सोचा, और उनकी ओर से मुँह फेर लिया।

दीवार पर सीलन का बड़ा-सा धब्बा उभर आया। पानी ने गुलमेहँदी के पेड़ों को बेदर्दी से तोड़ दिया और फूलों की लाल व बैंगनी पंखुड़ियाँ घास पर बिखर गईं। लगातार पानी की झड़ी ने अक्षय की नर्व्ज को और भी झकझोर दिया था। पिछले कई दिन से लगातार ट्रैंक्विलाइजर व स्लीपिंग पिल्स ले रहा था। अब पानी कुछ देर को रुका, तो अक्षय बाहर के बरामदे में कुर्सी खींचकर जा बैठा। अन्दर भाभी शायद अँगीठी जला रही थीं। काग़ज़ जलने की भीगी-सी महक बरामदे में घूमने लगी। पाम के गमलों पर छत से लगातार बूँदें टपक रही थीं। अक्षय आँखें लगाकर पाम की पत्तियों पर बूँदों का गिरकर बिखरना देखने लगा। तभी छवि सामने आकर खड़ी हो गई। उस धुँधली मेघाच्छादित साँझ में उसकी साड़ी का चटक पीला रंग अक्षय के मन को अनायास ही सुहाना लग उठा : छवि का चेहरा कोमल, उज्ज्वल लग रहा था। इस समय माथे पर कुमकुम की बड़ी-सी बिन्दी थी और पीछे जूड़े में, कदम्ब का एक फूल। छवि एक पल को ठिठकी, फिर उसे नमस्कार करती हुई अन्दर चली गई। अक्षय के नेत्र फिर इस प्रतीक्षा में छत की ओर उठ गए कि अगली बूँद कब टपकेगी। सामने सड़क धुली-धुली चमक रही थी। कुछ देर में अँधेरा होने पर पानी-भरे गढ़ों में काग़ज़ की नावें छोड़कर पड़ोसी बच्चे अपने-अपने घर चले जाएँगे।

अक्षय उठकर नीचे सड़क पर उतर आया। घरों में एक-एक कर बत्तियाँ जल उठीं। हल्की, मद्धिम बत्तियाँ। अक्षय ने पैर से काग़ज़ की एक नाव को कुचल दिया और फिर दूसरी नाव को और फिर तीसरी नाव को भी! एक बच्चा जो अभी तक इन नावों को तैरा रहा था, घर जाते-जाते रुक गया और स्थिर खड़ा हो अक्षय को देखने लगा। अक्षय ने हँसना चाहा, पर वह बच्चा मुड़कर चला गया। अक्षय ने

एकाएक पाया कि छवि लौटकर सड़क के किनारे-किनारे चली जा रही है, उसने अपनी साड़ी कीचड़ से बचने के लिए आगे से थोड़ी-सी उठा ली है।

'इंटेलिजेंट मिस उपाध्याय'–शुक्लाजी की बात याद कर अक्षय ने कुछ विद्रूपता से सोचा–पूर्ण युवती, पर अकेली मिस उपाध्याय। ऐसा सोचने पर फिर उसे स्वयं अपने पर ग्लानि हो उठी।

और अब रात है। अक्षय के आगे टाइपराइटर है और उसमें लगा सादा, कोरा पेज। अक्षय कुछ लिखने की चेष्टा कर रहा है। देर तक निश्चल बैठे रहने के बाद उसकी उँगलियाँ बार-बार टाइपराइटर पर लिखती हैं–सुधीरा, सुधीरा, सुधीरा...।

अक्षय ने लम्बी साँस छोड़ी। कुर्सी से पीछे टिककर बैठ गया और उसकी उँगलियों ने आँखों को ढँक लिया। अब रात है, कहीं कोई शब्द नहीं, अब वह अपने हृदय की इस गाँठ को खोलकर सुधीरा के बारे में सोचेगा।

सबसे पहले सुधीरा की हँसी, फिर उसकी वाचालता, फिर उसकी सहज निश्छलता।

'मुझे कुछ और बताओ, अक्षय। मुझे अपने साथ ले चलोगे न? मैं बाबा के घर भी जाऊँगी। मुझे बचपन में ही उन्होंने अपने घर का पता याद करवा दिया था।' सुधीरा तोते की तरह दोहराती है, 'रामखेलावन, पोस्ट आफ़िस मेहरपुर, जिला बस्ती।'

अक्षय हँसता है, 'वहाँ पर अब क्या पाओगी? तुम्हें कोई जानेगा भी नहीं।'

'खँडहर तो होंगे। मैं वहाँ जाकर अपने बाबा का घर देखूँगी! उनका बाग़-बग़ीचा और नहर के पास के खेत। मेरा बचपन बाबा से भारत के बारे में तरह-तरह की कहानियाँ सुनने मे बीता।'

सुधीरा के बाबा छोटी उम्र में ट्रिनीडाड में बस गए थे। सुधीरा की माँ का नाम था कैलासी, पिता व्यापारी थे। अकेली बेटी को उन्होंने इंग्लैंड में पढ़ाया था। कई साल बाद लौटने पर सुधीरा ने पाया कि वह, माँ कैलासी की भाषा भूल गई है। कैलासी ने हिन्दी छोड़कर कुछ और बोलना नहीं सीखा था।

अक्षय को यह सुनकर अजीब-सा लगा। सुधीरा का चेहरा भारतीय था, रंग-ढंग पाश्चात्य। कटे हुए बाल और नीचे गले का ब्लाउज़, कमर को हल्का-सा झटका देते हुए चलने का अन्दाज़। कभी-कभी वह साड़ी भी पहनती थी, पर साड़ी पहनने पर उसकी अभारतीयता और भी प्रखर हो जाती थी।

अक्षय के साथ भारत जाने के उल्लेख से सुधीरा की आँखें दीप्त हो जाती थीं। 'कभी किसी छुट्टी में मेरे साथ ट्रिनीडाड चलना, अक्षय–मदर तुमसे मिलकर बड़ी खुश होंगी।'

अक्षय को ट्रिनीडाड जाकर सुधीरा के परिवार से मिलने की जिज्ञासा बनी रही। वह छुट्टी कभी नहीं आई। अक्षय की आँखों के आगे धब्बे तैरने लगते हैं। और उन धब्बों में सुधीरा का चेहरा खो जाता है। पर सुधीरा की आँखें उसे हर ओर से ताकती हैं। उसका पीछा करती हैं। शून्य, रिक्त आँखें, जिनमें न हँसी है, न शिकायत। खुली

हुई वे आँखें अक्षय को ऐसे ताकती हैं जैसे उसका चेहरा अस्पताल की सूनी, सफ़ेद दीवार हो।

मेज़ पर चाय का ख़ाली प्याला, कुछ बिना खुली चिट्ठियाँ, कुछ पत्रिकाएँ, कुछ फूल। घंटा समाप्त होने में कुछ समय था और अक्षय स्टाफ़-रूम में अकेला था। उसने दोनों हाथों की उँगलियाँ एक-दूसरे में फँसा लीं और परदे की आड़ी-बेड़ी धारियों को देखने लगा। कौरिडोर से कुछ लड़कियाँ हँसती हुई निकल गईं। अक्षय ने सुबह उठकर टाइपराइटर से काग़ज़ निकालकर, मोड़कर रद्दी की टोकरी में फेंक दिया था। उस पर तीन बार सुधीरा का नाम लिखा था। नहीं सुधीरा, मैं तुम्हें प्यार नहीं करता। नहीं सुधीरा, मैं अब कभी कुछ नहीं लिख पाऊँगा। नहीं सुधीरा, अब मैं वह 'मैं' नहीं हूँ। मैं कोई और हूँ, जिसे मैं स्वयं स्वीकार नहीं कर पाता।

पर्दा हटाकर छवि अन्दर आई। शायद वह सीधी घर से आ रही थी। तभी उसका प्रसाधनहीन मुख भी बड़ा ताज़ा लग रहा था। वह अक्षय को देखकर थोड़ा-सा झिझकी, फिर पास आकर बैठ गई।

लोगों से घिरे रहने में सुरक्षा की भावना होती है। निरर्थक बातचीत, आपस की आलोचना-प्रत्यालोचना, जैसे परतें बनकर विचार और भावनाओं को ढँके रहती है, अक्षय ने सोचा। पर इस समय छवि सामने थी और अक्षय अपने चेहरे पर तुरन्त एक मुस्कराहट का खोल नहीं चढ़ा पाया। छवि उसे कुछ देर तक देखती रही, फिर बोली, "आपको यहाँ सबकुछ बड़ा शैबी और ढीला-ढाला लग रहा होगा।"

"कुछ विशेष नहीं।" अक्षय ने उत्तर दिया।

"आपको यहाँ के लोगों के बर्ताव से क्षुब्ध न होना चाहिए। यहाँ कोई किसी को बढ़ते नहीं देख सकता। सब एक-दूसरे की जड़ काटने में जुटे रहते हैं।"

अक्षय छवि को देखता रह गया। अक्षय को सम्बोधित कर कुछ कहने का यह पहला अवसर था।

यह शायद छवि ने भी महसूस किया। वह चुप हो गई। उस समय छवि के चेहरे पर जो भाव दौड़ गया, उसे देख अक्षय को लगा कि शर्मीली आँखोंवाली वह छात्रा अभी भी खोई नहीं है। छवि कदाचित् अक्षय को एकटक अपनी ओर देखता पा झेंप गई। उस झेंप को मिटाने के लिए वह उठ खड़ी हुई और बाहर बैठे चपरासी को दो प्याले अच्छी चाय बनाकर लाने का आदेश देने लगी।

फिर उसने मुड़कर कहा, "मैं अभी तक आपकी पुस्तक नहीं पढ़ पाई हूँ। यहाँ न बुकस्टोर में है, न लाइब्रेरी में। कुछ और लिख रहे हैं?"

"मेरे अमरीकी प्रोफ़ेसर का कहना है कि हर मनुष्य विदेशी भाषा में एक नॉवेल लिख सकता है। और लोग उसे उसी कौतूहल से पढ़ते हैं जैसे कि लोग सरकस देखने जाते हैं।"

छवि के चेहरे पर प्रश्न-भरा भाव देखकर अक्षय ने मुस्कराकर आगे जोड़ा ''लेखक मैं नहीं हूँ छवि। वह एक पुस्तक फ्रीक समझ लो।''

''फिर भी मैं पढ़ना चाहूँगी।''

''मेरे पास कुछ प्रतियाँ पड़ी हैं, उनमें से एक ले लो।'' अक्षय ने उठकर अपना लॉकर खोला और एक प्रति निकालकर छवि के आगे मेज़ पर रख दी। छवि ने मुस्कराकर धन्यवाद दिया और पुस्तक उठाकर पहला पृष्ठ खोला। उसकी आँखें कुछ समय एक पंक्ति पर टिकी रहीं। अक्षय जानता था कि छवि उस समर्पण को पढ़ रही है–''सुधीरा को।''

फिर पृष्ठ पलट दिया गया। छवि ने पुस्तक बन्द कर दी और कहा, ''इसे यहाँ पढ़ना नहीं प्रारम्भ करूँगी, घर जाकर चैन से पढ़ूँगी।''

घंटा कुछ मिनट पहले बज चुका था। कुछ लोग एक साथ ही अन्दर आए। छवि और अक्षय को पास बैठा देख कुछ मुस्कराए, कुछ चुप रहे। शायद छवि ने यह जाना। वह पुस्तक पकड़े हुए उठ गई।

कुछ दिन बाद अक्षय ने यह नोटिस किया कि छवि अपनी क्लास प्रारम्भ होने से काफ़ी पहले आ जाती है। अक्षय उस समय ख़ाली होता है। छवि आकर दो प्याले चाय बनवाती है और फिर दोनों उस कृत्रिम सन्नाटे में बैठकर चाय पीते हैं। दोनों ही प्रायः चुप रहते हैं। पुस्तक पाने के बाद छवि ने उसका उल्लेख नहीं किया, न अक्षय ने ही उसकी प्रतिक्रिया पूछी। अक्षय ने पाया कि छवि स्वयं जितना मौन रहती है, उसके नेत्र उतने ही मुखर हैं। अक्षय को लगा कि वह नेत्र उसमें कुछ वैशिष्ट्य पाते हैं, जैसे अक्षय को देखना उन्हें अच्छा लगता है। अचानक ही वह जगमगा उठते हैं और अनायास ही लजा जाते हैं। छवि शान्त बैठी रहती है, उसके होंठ निस्पन्द रहते हैं, पर वे नेत्र पुकार-पुकारकर अक्षय को कुछ जताना चाहते हैं। ऐसे अवसरों पर अक्षय ने अपने को बहुत असहाय पाया और फिर उसने दो क्लासों के बीच में स्टाफ़-रूम में जाना छोड़ दिया। एक दिन, दो दिन; तीसरे दिन छवि सन्ध्या को शुक्लाजी के घर आई। भाभी ने चाय बनाकर अक्षय को बुलाया। और, तब छवि ने पुस्तक लौटाते हुए कहा, ''मैं साहित्य की छात्रा नहीं हूँ, पर आपकी पुस्तक ने मुझे बहुत विचलित किया।''

''तुम्हारे इस रिमार्क को मैं प्रशंसा के रूप में लेता हूँ। पर यह लौटा क्यों रही हो, यह तो तुम्हारी प्रति है!''

''सच!'' छवि की आँखें मधुर विस्मय से भर उठीं। अक्षय को उस समय गुड्डी और छवि की आयु में कोई अन्तर नहीं लगा। वह निरुद्देश्य ही सोच उठा कि वह छवि को छोड़कर उसके बारे में कुछ भी नहीं जानता। छवि के अन्य भाई-बहन हैं, कभी उसने उल्लेख नहीं किया, पर लाड़ली अकेली बेटी-सा भी आचरण छवि का न था। इस समय, साँझ के धुँधलके में, भाभी के कमरे के आत्मीय वातावरण में बैठकर

चाय पीते हुए अक्षय को अपनी उपस्थिति स्वयं असह्य, असंगत लगने लगी। उसने अपने इन विचारों को जकड़कर बाँध दिया और वह छवि को देखने लगा। छवि कुछ उदास हो आई थी, कुछ खो-सी गई थी। "अरे—तुम दोनों तो एकदम चुप हो गए।" भाभी ने उस लम्बी चुप्पी को तोड़ा।

"यह वर्षा का सीजन ही ऐसा है, बहुत डिप्रेसिंग।" अक्षय ने कहा।

"और फिर यहाँ की लम्बी, ख़ाली शामें। न कुछ पीने को, न दिल बहलाने को। अक्षय बाबू, आपके लिए दवा खोजनी पड़ेगी, कुछ रंगीन, कुछ चटपटी।"

अक्षय ने पाया, भाभी की इस बात पर छवि के होंठ थोड़ा-सा हिलकर रह गए। फिर उसने अक्षय को देखा, पर अक्षय की तौलती-सी दृष्टि अपने पर पा वह लजा गई।

"हाँ अक्षय बाबू, दवा खोजनी पड़ेगी। अगर साथ में मेरे लिए देवरानी ले आते तो मेरा सिर-दर्द कम होता। अब उसे खोजने में कितनी दिक़्क़त उठानी पड़ेगी मुझे, यह तो बताओ?"

मिसेज़ शुक्ला की इस बात पर न छवि ने कुछ कहा, न अक्षय ने। भाभी ने दोनों को बारी-बारी से देखा, फिर चाय छानने लगीं। उन दोनों के चेहरे दो प्रेमियों के-से नहीं थे, दो मित्रों के भी नहीं। वे अपने अन्तस्तल की गहराइयों में डूब गए थे। अक्षय के लिए भाभी, छवि, यह चाय पीने की क्रिया, छाया मात्र रह गई और वह चाय का प्याला पकड़े बैठा रह गया।

"और चाय?" भाभी ने पूछा।

"नहीं।" प्याला रख अक्षय उठ खड़ा हुआ और उन दोनों से आज्ञा ले अपने कमरे में चला आया। उसने अपने रेकॉर्ड-प्लेयर पर बेथोवेन की एक सिम्फनी का रेकॉर्ड लगा दिया और चारपाई पर आड़ा होकर लेट गया। अक्षय अपने साथ पाश्चात्य क्लासिकल संगीत के चालीस रेकॉर्ड लाया था। रेकॉर्ड के कवर्स पर सुधीरा की हस्तलिपि में अपना नाम देखकर अभी भी आहत होने की क्षमता बाक़ी थी।

वह लम्बे दिन जो रेकॉर्डों के कैटेलॉग देखते हुए काटे गए थे, जो शामें नए ख़रीदे हुए रेकॉर्ड सुनते हुए बीती थीं, थर्डस्ट्रीट के बदरंगे वॉलपेपर वाले कमरे में संगीत के स्वर गूँजते थे और अक्षय सुधीरा के मुख पर भावविभोर एकटक ताकता था। कंसर्ट्स, ओपेरा, बैले—एकाएक अक्षय को सब अच्छा लगने लगा। कसी हुई काली ड्रेस और लम्बी, पतली हीलवाले जूतों में सुधीरा बहुत आकर्षक लगती थी।

कभी-कभी रात को फ़ोन बजता था। टाइपराइटर छोड़कर फ़ोन तक आने से पहले ही अक्षय सुधीरा के स्वर को सुनने की उत्कंठा से भर उठता था।

"अभी भी टाइप कर रहे हो? टाइप फॉर अ ब्रेक। पास के अपार्टमेंट में लिजबेथ पार्टी दे रही है। छह बीयर लेते आना, काफ़ी होंगी।" रात के अँधेरे में पहाड़ी सड़कों

की ऊँची-नीची उतराइयों पर सावधानी से ड्राइव करता हुआ अक्षय तब सुधीरा के बारे में ही सोचता था।

एक ऐसी ही पार्टी में उसका परिचय बीरू से हुआ। सुधीरा गिटार बजाकर जिप्सी गीत गा रही थी और बीरू अलग दीवार के सहारे उकताया-सा खड़ा था। अक्षय ने जाना, बीरू भी ट्रिनीडाड से आया भारतीय है। उसकी शिक्षा सुधीरा के साथ ही इंग्लैंड में हुई और दोनों के परिवार एक-दूसरे से परिचित हैं।

''आपसे मिलकर बड़ी प्रसन्नता हुई है। मैं कुछ दिन हुए ट्रिनीडाड से लौटा हूँ। क्रिसमस की छुट्टी में घर गया था। सुधीरा के फ़ादर ने आपका उल्लेख किया था,'' बीरू ने कहा।

सुधीरा का गीत समाप्त होने पर दोनों ने तालियाँ बजाईं। वह गिटार रखकर उनके पास आ खड़ी हुई, ''तो तुम दोनों एक-दूसरे से परिचित हो गए। अक्षय, बीरू और मेरी पुरानी पहचान है। सेंट जेम्स में हम लोग साथ ही बड़े हुए। देखो, मदर ने यह सोने की चूड़ियाँ भेजी हैं।'' वह अपने हाथ की चूड़ियाँ हिलाने लगी।

सुधीरा को कोई प्यार कैसे न करे! अक्षय ने सोचा, बालिका और पूर्ण युवती—ऐसा सम्मिश्रण था उसमें।

सुधीरा बीरू से मित्रों, आत्मीयों के बारे में पूछती रही और रह-रहकर चूड़ियाँ हिलाती रही।

कुछ देर में बीरू ने जाने के लिए आज्ञा माँगी और टैक्सी का नम्बर पूछा।

''तुम्हारी कार क्या हुई?'' सुधीरा ने पूछा।

''मैंने नई जर्मन कार का ऑर्डर दिया है। लाल कनवर्टिबल कारमनगिया! आने में कुछ समय लगेगा।''

''मैं भी जाने का इरादा कर रहा हूँ। कहाँ रहते हैं आप? आपको घर तक पहुँचा दूँगा,'' अक्षय ने कहा।

बीरू ने धन्यवाद देकर यह ऑफ़र स्वीकार कर लिया।

''तुम साथ आओगी सुधीरा?'' अक्षय ने पूछा, ''नया चैप्टर तुम्हें दिखाना चाहता था।''

''अक्षय आजकल एक उपन्यास लिख रहा है।'' सुधीरा ने बीरू को बताया।

''कल आऊँगी अक्षय। पार्टी के बाद सफ़ाई में सहायता करने का वचन दे चुकी हूँ।''

अक्षय को कुछ बुरा-सा लगा और कदाचित् इसीलिए वह बीरू के साथ होते हुए भी रास्ते-भर चुप रहा। पर अगली दोपहर जब सुधीरा गुलाबी छपी हुई साड़ी पहने आकर द्वार पर खड़ी हो गई तो अक्षय पिछली रात की आहत पीड़ा भूल गया। सुधीरा अक्षय के लिए लंच तैयार करने लगी और अक्षय किचन में कुर्सी पर बैठकर अपना लिखा अध्याय पढ़कर सुनाने लगा।

शाम को बीरू का फ़ोन आया। उसने रात्रि के भोजन के लिए सुधीरा व अक्षय को आमन्त्रित किया। सुधीरा को कपड़े बदलने के लिए अक्षय घर वापस ले गया और भोजन के दौरान अक्षय ने एकाएक महसूस किया, बीरू अच्छा है, बीरू भला है, कम बोलता है और उसकी कम्पनी बोरिंग नहीं है। सुधीरा रह-रहकर हँसती थी और उसके बुन्दे धीरे-धीरे हिलते थे। जब कभी उसके शरीर का कोई अंग अक्षय से छू जाता तो वह उसके सामीप्य की गरमाई से अभिभूत हो उठता। 'सुधीरा मेरी है, पूर्ण रूप से मेरी है।' सुधीरा की दीप्त काली आँखों में भी अक्षय ने अपनी ही भावनाएँ प्रतिबिम्बित होते पाईं। फिर लम्बे दिन। अक्षय दिन-रात अपनी पुस्तक समाप्त करने में जुटा था। शब्दों के बाद शब्द गुँथते चले जाते थे और उपन्यास के पात्र बड़े पुराने परिचित, हर क्षण के साथी बन गए। सुधीरा उन दिनों अत्यन्त धीर, सहिष्णु हो गई थी। कभी-कभी आकर अक्षय का कमरा ठीक कर जाती, कभी खाने के लिए कुछ लाकर किचन में रख जाती। 'सुधीरा को' उपन्यास की समाप्ति पर अक्षय ने समर्पण लिखा था। एक नए उपन्यास की रूपरेखा जन्मने लगी थी।

वह उपन्यास कभी नहीं लिखा गया।

"अक्षय बाबू।" भाभी ने कमरे के बाहर से कहा।

"हाँ।" अक्षय ने उत्तर दिया। बेथोवेन की सिम्फनी अन्त पर थी। और, भाभी ने अन्दर आकर कहा, "हाय राम, मेरे तो कान फट गए! जाने तुम्हें क्या अच्छा लगता है इस संगीत में?" अक्षय ने रेकॉर्ड-प्लेयर बन्द कर दिया।

"एक टेढ़ा काम तुम्हें सँभालना है," भाभी ने कहा।

"क्यों, क्या बात है?"

"हम लोग आज सिनेमा जाना चाहते हैं, सेकंड शो में। ये तो सुनते ही मना कर देंगे। सो तुम्हें साथ चलना पड़ेगा।"

अक्षय एकाएक कुछ न कह सका। पर सेकंड शो में सिनेमा हॉल की भीड़ का सामना करने का विचार उसे प्रिय न लगा। "हम लोग कौन?"

"छवि और मैं।"

अक्षय को लगा कि उसके द्वार के बाहर भी कोई है, जो अधीर प्रतीक्षा से उसका उत्तर सुन रहा है। फिर भी उसने कहा, "भाभी, हिन्दी फ़िल्म तो मैं देखता नहीं।"

भाभी चुप रह गईं। अक्षय जैसे दीवार के पार की दो उत्सुक आँखों का म्लान हो आना देख सका। उसने आगे कहा, "पर तुम्हारी ख़ातिर चला चलूँगा।"

भाभी प्रसन्न हो गईं। अक्षय जा रहा है, यह सुन अनिमन्त्रित शुक्लाजी भी जाने को तैयार हो गए। गुड्डी ने सिनेमा हॉल में शोर न मचाने का वचन दिया। भाभी ने व्यवस्था की, छवि को घर जाकर पिताजी से कहना है इसलिए अक्षय उसे लेकर पहले चला जाए। शुक्लाजी भाभी को लेकर सीधे सिनेमा हॉल पहुँचेंगे। अक्षय ने छवि की प्रतिक्रिया जानने के लिए उसकी ओर देखा, पर वह चुप रही। अक्षय तैयार

होने के लिए कमरे में चला आया। सफ़ेद कमीज़ और हल्के ग्रे डैकरॉन की पतलून पहनकर बालों में कंघा फेरते हुए उसने अपने को एक पल निश्चल खड़े होकर देखा। उसका चेहरा इस समय गम्भीर था, आँखें गहरी और प्रच्छन्न। न चाहते हुए भी उसे वे लम्बी, सुनहरी पतझर की दोपहरें याद आ गईं, जो उसने सुधीरा के साथ बिताई थीं। सुधीरा का शरीर भी उन दोपहरों की भाँति उष्ण और स्वर्णिम था। उसकी उँगलियाँ धीरे-धीरे अक्षय के चेहरे को छूती थीं और डूबते सूरज की रोशनी बदरंगे वॉलपेपर वाले कमरे में भर जाती थी। अक्षय का चेहरा तब शान्त दिखता था। सुधीरा के जाने के बाद अक्षय टाइपराइटर खोलकर बैठ जाता था और उँगलियाँ उस पर तेज़ी से दौड़ती थीं। उसके मन में गहरी शान्ति रहती थी और अगली दोपहर के लिए साँस साधकर प्रतीक्षा।

अक्षय को अपनी पुस्तक के जैकेट पर अपना चित्र याद आया—युवा, सेंसेटिव, गम्भीर। इस समय दर्पण में प्रतिबिम्ब कहीं अधिक प्रौढ़ व उदास लग रहा था।

अक्षय तैयार होकर बाहर आया और छवि चलने के लिए उठ खड़ी हुई। भाभी गुड्डी के बाल सँवार रही थीं। उनसे विदा लेकर दोनों सड़क पर आ गए। अब अक्षय चुप था और छवि भी। वातावरण आरम्भ करने को कोई भी उत्सुक न था। कहीं वह मौन उसकी नाराज़ी न लगे, यह सोच अक्षय ने कहा, "आज शायद पानी न बरसे!"

"मुझे वर्षा अच्छी लगती थी, पर इस बार न जाने क्यों ऊब गई हूँ," छवि ने कहा।

"पानी बरस भी तो लगातार रहा है," अक्षय ने कहा और फिर मुस्कराने लगा। छवि के प्रश्न-भरे नेत्र उसकी ओर उठे और प्रश्न होंठों पर काँपकर रह गया। वह दूसरी ओर देखने लगी और यह छोटा-सा पल अक्षय को बड़ा प्यारा लगा। छवि संकोचशील है, अपने इनहिबिशंस से बाहर निकलना चाहती है, पर उसकी चेष्टा में इतना बल नहीं है कि उन्हें लाँघ सके। और, इसी के साथ जुड़ा हुआ एक और विचार आया, छवि मुझे लाइक करती है।

उसने पास चलती छवि को देखा, लपेटी हुई साड़ी में भी उसका पूर्ण यौवन और उन रेखाओं की कमनीयता छिपी नहीं थी। अक्षय ने जाना कि उसकी त्वचा अत्यन्त कोमल, स्निग्ध और उष्ण होगी। छवि का चेहरा लम्बा था, आँखें शान्त, पर होंठ अजन्ता के चित्रों की भाँति भरे हुए थे। छवि सुन्दर नहीं है, पर उसमें अपना एक विशिष्ट चार्म है, अक्षय ने सोचा। और, कई वर्ष बाद एकाएक अक्षय ने अपने अन्दर एक इच्छा को जागते पाया। एक उष्ण, स्वर्णिम शरीर को बाँहों में जकड़ने की तीव्र इच्छा।

अक्षय को एकटक अपनी ओर देखते पाकर छवि ने ग्रीवा मोड़कर उसे देखा और मुस्करा दी। उन शान्त और विश्वासपूर्ण आँखों के आगे अक्षय एक क्षण पहले के

विचारों पर अत्यन्त लज्जित हो आया, पर छवि की हल्की मुस्कराहट वह सेतु थी जिसके सहारे वह उबरकर सुस्थ हो सका। छवि एक दोमंज़िले मकान के आगे रुककर फाटक खोलने लगी। अक्षय उसके साथ अन्दर आया।

"आप कुछ देर बैठेंगे? पिताजी इस समय पूजाघर में होंगे। मैं जल्दी ही आऊँगी?" कहकर छवि क्षिप्र गति से अन्दर चली गई। घर के अन्दर जैसा सन्नाटा था, उससे अक्षय ने सहसा जाना कि पिता को छोड़कर छवि के परिवार में और कोई नहीं है। बैठक में बेंत का एक सोफ़ा व तीन-चार कुर्सियाँ थीं, बीच में एक गोल मेज़। दीवारें सफ़ेद और सूनी, कहीं एक भी चित्र नहीं। दरवाज़ों पर भूरे रंग के परदे थे, जिनसे कमरा और भी उदास लग रहा था।

छवि घर की सज्जा में रुचि क्यों नहीं लेती, अक्षय ने सोचा। यदि दीवार पर एक चित्र हो और मैचिंग परदे और एक स्टैंडर्ड लैम्प, तो कमरा कहीं अधिक अच्छा लगे। पर शायद छवि का ध्यान इस ओर नहीं गया है।

और, तभी छवि आकर द्वार पर खड़ी हो गई। उसने इस बीच बाल सँवारकर छपी हुई साड़ी पहन ली थी। एक हाथ किवाड़ पर टिकाए वह निश्चल खड़ी हो, अक्षय को सीधी दृष्टि से ताकने लगी।

"मैंने नौकर को रिक्शा लाने के लिए भेजा है, तब तक आप कुछ पिएँगे? चाय, कॉफ़ी?"

"नहीं छवि, धन्यवाद।"

छवि आकर एक कुर्सी पर बैठ गई और उसकी उँगलियाँ बटुवे की डोरी से खेलने लगीं।

"इस साड़ी को मैंने तुम्हें पहले पहने नहीं देखा है, तुम्हें सूट करती है।"

छवि के चेहरे पर मन्द मुस्कान की आभा झरने लगी।

"मिसेज़ शुक्ला ने यह साड़ी मुझे दी थी, मुझे अच्छी लगी थी।"

"ओऽ," अक्षय ने जान लिया कि यह साड़ी उसी की लाई हुई है। वह हँसने लगा।

"अच्छा छवि, तुम्हें पेंटिंग्स में रुचि है?"

"मैंने कभी उधर ध्यान नहीं दिया।"

"मेरे पास कुछ पेंटिंग्स के प्रिंट हैं। अगर तुम चाहो तो एक ले सकती हो," अक्षय ने कहा। छवि की आँखें विस्मय से भर उठीं। फिर उसने सोचते हुए कहा, "हूँ? अच्छा मैं किसी दिन आकर देखूँगी।"

बाहर रिक्शा रुका और छवि उठ खड़ी हुई : "चलिए, रिक्शा आ गया।"

अक्षय को लगा, छवि उसके मौन और विरक्ति की आदी हो गई है। पर उसके द्वारा अपनी प्रशंसा सुन, समझ नहीं पाती कि वह क्या करे!

रिक्शे पर छवि सिमटकर बैठ गई, जैसे उसने सहसा जाना कि रिक्शे जैसी सवारी

पर बैठकर औपचारिकता निभाना सम्भव नहीं। सड़क के गढ़ों से हिचकोला खाकर जब अक्षय का शरीर उससे छू जाता तो वह कोने में सिमटने लगती। अक्षय उसकी हर चेष्टा को बारीकी से देख रहा था, उसे पहले हँसी आई, फिर पुरुष के अयासित स्पर्श पर उसका लाजवन्ती-सा सिमट जाना उसके मन को बड़ा प्यारा लगा।

"छवि, तुम्हें मालूम है कि भारतीय स्त्रियाँ विदेश में बहुत सुन्दर मानी जाती हैं?"

"अच्छा!" छवि ने आश्चर्य में भरकर पूछा।

"हाँ, मेरे एक मित्र ने पूरी गर्मी दिल्ली में खुली बाँहों को देखते हुए काटी थी। उसका कहना था कि तेहरान से लेकर टोकियो तक की यात्रा में भारतीय स्त्रियाँ ही सुन्दरता में अग्रिम थीं।"

"और आपको, पाश्चात्य युवतियाँ कैसी लगीं?" छवि ने पूछा।

"जब तक पता नहीं था, तब तक उनके सुनहरे बाल अच्छे लगते थे। पर कुछ महीने बाद मालूम हुआ कि प्रायः वह सुनहरा रंग, हेयर-ड्रेसर की कुशलता मात्र थी।"

छवि हँसने लगी, "आपने वहाँ भारतीय फ़िल्में तो कम ही देखी होंगी?"

"हाँ—मुश्किल से दो। पर यूरोपीय फ़िल्में बहुत देखता था। विशेषकर इटालियन और स्वीडिश। वहाँ बहुत ही डेयरिंग प्रयोग किए जा रहे हैं, जबकि हम अभी भी वही आँसू-भरे गीत गा रहे हैं।"

"बस—अब आप भी औरों की तरह बात करने लगे।"

अक्षय हँसने लगा, "हमारी फ़िल्में अफ्रीका व मिडिल ईस्ट में बहुत पॉपुलर हैं।"

"देखिए, आप आए हैं तो फ़िल्म को बहुत बुरा-भला न कहिएगा। नहीं तो मिसेज़ शुक्ला को अच्छा न लगेगा।"

अक्षय ने छवि की उल्लसित, तरल, कोमल दृष्टि से अभिभूत होकर कहा, "मैं वचन देता हूँ।" और एक बार फिर छवि के काले चिकने बाल, रोली की बड़ी-सी बिन्दी और निस्पन्द पंखुड़ियों-से होंठ देखते हुए वह स्वयं अपनी कामना के तीव्र वेग से आशंकित हो उठा।

शुक्लाजी वहाँ पहले ही पहुँच गए थे। रिक्शेवाले को पैसे देकर अक्षय उनके पास आ गया। गुड्डी गोल-गोल आँखों से पोस्टर देख रही थी और भाभी छवि से बातें करने में व्यस्त हो गई थीं। अक्षय अपने पाइप में तम्बाकू भरने लगा, छवि कभी-कभी उसकी ओर देख लेती; और उस दृष्टि में अब दूरी नहीं थी।

पहले शो की समाप्ति पर अक्षय को छोड़ वह लोग अन्दर गए। गुड्डी भाभी और छवि के बीच में बैठकर, पौटैटौचिप्स खाने लगी। अक्षय पाइप बुझाकर जब तक अन्दर आया, तब तक न्यूज रील प्रारम्भ हो चुकी थी। एक किनारे छवि के पास कुर्सी ख़ाली थी। अक्षय उस पर बैठ गया। कुछ देर बाद उसने बाईं बाँह से छवि का कन्धा घेर लिया और छवि बिना प्रतिवाद किए उसकी ओर झुक आई।

अक्षय काफ़ी रात गए घर लौटा। अन्दर बरामदे में कुर्सी पर बैठी भाभी को देखकर वह चौंक गया।

''तुम अभी तक सोईं नहीं?''

''नींद नहीं आई। सोचा कि गुड्डी की फ्रॉक में बटन टाँक लूँ।''

''मुझे छवि के फ़ादर ने रोक लिया,'' अक्षय ने सहज स्वर में कहा, ''काफ़ी इंटरेस्टिंग हैं।''

''ख़ाक इंटरेस्टिंग हैं।'' भाभी बोलीं, ''बीवी को कुढ़ा-कुढ़ाकर मार डाला। बेटी जवान हो गई है, पर उसकी शादी की चिन्ता नहीं। शाम को पूजाघर से निकलते हैं और बोतल लेकर बैठ जाते हैं।''

''बहुत आग्रह कर रहे थे। पर मैंने मना कर दिया। कुछ बुरा-सा मान गए।''

भाभी ने पूछा, ''पर वहाँ, अमरीका में तो पीते होंगे तुम?''

''पर यह अमरीका तो नहीं है भाभी। फिर मैंने सोचा कि शायद मेरा कुछ पीना छवि को अच्छा न लगे।''

भाभी ने हाथ रोक दिए। फ्रॉक को गोद में पड़ा रहने देकर उन्होंने कुछ हिचकते स्वर में पूछा, ''अक्षय बाबू, अच्छा, तुम्हें छवि कैसी लगती है?''

अक्षय असमंजस में पड़कर चुप रह गया। उसे घर के बाहर निकलकर द्वार तक विदा देने आई छवि की मुख-मुद्रा याद आई। एक बार काँपकर फिर अपनी बाँहों में निश्चल हो आना और उसके गीले, कोमल अनछुए होंठ।

और, इसके साथ ही एक और प्रतिच्छाया, सुधीरा! भाभी ने उसके इस छोटे-से मौन को लाँघकर कहा, ''सुन्दर तो वह नहीं है, पर उसका शिष्ट, भला स्वभाव तुमसे छिपा नहीं है। प्यार के लिए तरसती रहती है। बड़ा भाई शादी कर अलग हो गया है। कभी पूछता नहीं। और तुम भी अब नॉर्मल तरीक़े से ज़िन्दगी बिताओ, साल-पर-साल निकलते जा रहे हैं।''

''मुझे घर से निकालना चाहती हो भाभी?''

''नहीं अक्षय बाबू,'' भाभी गम्भीर हो आईं, ''तुम जब से लौटे हो, मुझे हर समय तुम्हारी चिन्ता लगी रहती है। तुम पहले से बहुत ज़्यादा बदल गए हो। जैसे तुम्हारे अन्दर कहीं कुछ बड़ी बेचैनी, तिलमिलाहट है...तुम घंटों कमरा बन्द किए पड़े रहकर रेकॉर्ड सुना करते हो। कई-कई दिन निकल जाते हैं और तुम मुँह नहीं खोलते। मैं चुपचाप देखती हूँ और मन में सोचती हूँ कि ऐसा क्या है जो तुम्हें साल रहा है? तुमने जब वहाँ से चिट्ठी लिखी कि एक लड़की से शादी करनेवाले हो, तो हम दोनों को बड़ी खुशी हुई। पर फिर कई साल बीत गए और तुमने एक पंक्ति भी नहीं लिखी। फिर एक दिन बिना सूचना दिए लौट आए।''

अक्षय के मन में दुख उमड़ने लगा। काश, भाभी ने यह रात इन बातों को कुरेदने के लिए न चुनी होती। कितने, कितने समय के बाद आज अक्षय के मन पर

गाढ़ा-गाढ़ा जमा हुआ अकेलापन कुछ कम हुआ था। पर भाभी ने बिना जाने फिर अतीत के गहरे, काले, अन्तहीन आवर्त में ढकेल दिया है।

क्या उससे कभी निष्कृति न होगी?

बरामदे में चारों ओर अँधेरा है। कहीं कोई शब्द नहीं। बरामदे में प्रकाश का एक दायरा है, जिसमें भाभी बैठी हैं, उनकी गोद में गुड्डी की फ्रॉक पड़ी है। भाभी थकी-सी हैं पर उनकी आँखों में आत्मीयता है।

अक्षय पास की कुर्सी पर बैठ गया और अँधेरे में कुछ खोजने लगा। फिर उसने मुड़कर, धीर, प्रतीक्षित भाभी को देखा।

"उस लड़की ने आख़िरी समय पर अपना विचार बदल लिया। उसने कहा कि वह किसी और से विवाह करना चाहती है। उस दूसरे को वह बचपन से जानती थी।"

साँप की तरह से अँधेरा बल खाने लगता है। उस आघात का दर्द मिट चुका है, फिर भी अक्षय कुछ और न कह सका।

"और छवि?" भाभी ने हल्के-से पूछा।

"छवि मुझे अच्छी लगती है। शायद तुम ठीक कहती हो। अपने अन्दर की उलझनों को भूलकर मुझे नॉर्मल तरीक़े से ज़िन्दगी बितानी चाहिए। शादी कर गृहस्थ बनूँ और टेक्स्ट बुक लिखना प्रारम्भ करूँ।" पर भाभी प्रसन्न होकर मुस्कराती नहीं, जैसे उनके हर्ष में कोई दरार पड़ गई हो।

अक्षय प्रिंट्स देखता है, पता नहीं, छवि को कौन-सा पसन्द आएगा! फिर भी अगली शाम को वह तीन-चार प्रिंट्स लेकर छवि के घर गया। दरवाज़ा छवि ने खोला और उसे देख वह जिस प्रकार लजा गई उससे अक्षय ने जान लिया कि उसकी स्वीकृति भाभी ने छवि तक पहुँचा दी है।

"आइए," कहकर छवि ने दरवाज़ा पूरा खोल दिया, "पिताजी अभी-अभी पूजा पर बैठे हैं, कुछ समय लगेगा।"

"तुम्हारे लिए प्रिंट्स लाया हूँ," अक्षय ने कहा। छवि ने बैठक की बिजली जला दी और अक्षय ने प्रिंट्स कुछ तिरछे कर सोफ़े के सहारे टिका दिए।

कुछ दूर खड़े होकर, उन्हें देखते हुए छवि ने कहा, "मैं तो पेंटिंग्स के बारे में कुछ जानती नहीं।"

"तुम्हें जो सबसे अच्छा लगे, वह चुन लो।" अन्त में छवि ने ब्राक का जो सी-स्केप चुना उससे अक्षय को बहुत आश्चर्य हुआ।

"मुझे इसमें ग्रे और नावों का ब्लू अच्छा लग रहा है," छवि ने कहा।

अक्षय वहाँ अधिक देर तक न रुका। वह अन्य प्रिंट्स भी छवि के पास छोड़ आया। उसके अन्दर फिर एक बेचैनी जाग उठी थी।

फिर वर्षा बीत गई और नीले आकाश में सफ़ेद बादल तैरने लगे। इस बीच अक्षय छवि को बहुत कम देख पाया। वह अक्षय के सामने पड़ने से बचती-सी मालूम होती थी। अक्षय ने अपने को कभी-कभी उसके साथ बिताए जानेवाले भविष्य के बारे में सोचता पाया। तब छवि जानी-पहचानी स्त्री लगने की जगह एक अनजान छाया मात्र रह जाती थी। छवि घर की देखभाल अच्छी तरह करेगी, इसमें अक्षय को संशय न था, पर अपने अन्दर की जो उद्विग्नता है, उसे छवि का साहचर्य कहाँ तक दूर कर पाएगा? पर तब तक अक्षय अपने को पूरी तरह कमिट कर चुका था, और अब अपने निश्चय से पीछे हटकर छवि को आघात पहुँचाने का साहस उसमें न था।

भाभी ने अपने को छोटे-छोटे कामों में उलझा लिया था। विवाह की तारीख नवम्बर में निकली थी। भाभी इस शुभ कार्य को टालना नहीं चाहती थीं। शुक्लाजी ने दूसरी मंज़िल बनवानी प्रारम्भ कर दी थी और ऊपर का फ़्लैट तैयार होने पर पहला ऑफ़र अक्षय को मिलेगा, यह बात उन्होंने साफ़ कर दी थी। कभी-कभी वह अक्षय से राय ले लेते, अलमारी कहाँ बने, खिड़कियाँ कैसी हों? सारे दिन-रात मज़दूर खट-खट किया करते और ईंटों का चूरा नीचे झरा करता।

अक्षय के चारों ओर गतिविधि थी, पर वह इसके बीच अछूता खड़ा था। भाभी ने शादी की बात फैलाई नहीं थी, इसलिए इसकी चर्चा कहीं न थी। अक्षय दिन में कॉलेज जाता और शाम को अकेले टहलते हुए बिता देता। प्रायः वह टहलता हुआ दूर निकल जाता और अपने शरीर को शिथिल छोड़ देता। उस समय वह सायास अपने मस्तिष्क में कोई विचार न उठने देता। उसकी आत्मविध्वंसक प्रवृत्ति कम होती जा रही थी, पर उसकी जगह जैसा शैथिल्य छा रहा था, वह अक्षय को स्वयं स्वस्थ न लगता।

विवाह के एक सप्ताह पहले अक्षय बेतरह उद्विग्न हो उठा। कई रात से सोया न था और हर सुबह बेहद थका हुआ उठता। इतने वर्षों से वह जो बोझ अपने ऊपर लिए घूम रहा था, वह असहनीय लगने लगा। अक्षय ने जाना कि जो कुछ अब तक स्वयं स्वीकार न कर पाया, छवि से कह देना है। सबकुछ। हर डिटेल, हर बात। फिर निर्णय छवि का होगा।

उस शाम वह छवि के घर पहुँचा। उसे देखकर आश्चर्य हुआ कि द्वार पर रंगीन बन्दनवार लटक रही थी। घर के अन्दर कुछ बातचीत, कुछ चहल-पहल का शोर था। नौकर ने उसे पहचानकर सलाम किया और अक्षय ने छवि से मिलने की इच्छा प्रकट की। वह अन्दर नहीं गया। बाहर खड़ा एक नींबू की पत्ती तोड़कर उँगलियों में मसलने लगा।

कुछ देर में छवि बाहर आई। वह एक रंगीन, पर सादा साड़ी पहने थी। उसका चेहरा शान्त था और उसे देख अक्षय को बहुत बल मिला।

"तुम्हें बहुत दिनों से नहीं देखा, छवि, कैसी रहीं?"

"ठीक हूँ। अन्दर आकर बैठें," उसने कहा।

"कुछ दूर टहलने चल सकोगी? समय है?" अक्षय ने पूछा। उसने एक लघु पल को छवि को झिझकते पाया, फिर छवि ने कहा, "मैं शाल लेकर अभी आई।" शाल शायद बिलकुल नई थी। उसकी तहों पर गहरी लकीरें पड़ी हुई थीं। छवि शाल ओढ़कर बाहर निकल आई। उसका चेहरा संयत था, पर अक्षय को लगा कि जैसे वह कुछ घबरा उठी है। दोनों टहलते हुए कुछ दूर निकल आए।

"मौसम अब काफ़ी अच्छा हो गया," अक्षय ने कहा।

"जी हाँ।"

फिर मौन। हवा में आनेवाली सर्दी का सन्देश था। छवि ने नीचे सरकती शाल को कन्धे पर सँभाल लिया। सड़क अब दूर जाकर खेतों में खो गई थी। बरसाती नदी बिलकुल सूखी थी और अक्षय लकड़ी के पुल की रेलिंग से टिककर खड़ा हो गया। छवि ने रूमाल से थोड़ी-सी जगह झाड़ी और अक्षय की ओर मुख कर बैठ गई। अक्षय तुरन्त कुछ कहने को उत्सुक न था और छवि की मुद्रा से लगा कि जैसे वह सारी रात, सारी ज़िन्दगी, अक्षय की बात सुनने की प्रतीक्षा में काटने को प्रस्तुत है। तब अक्षय को अपना यह आचरण बहुत नाटकीय लग उठा। भरे घर से छवि को जिस प्रकार घसीट लाया है, उसे देख मेहमानों ने क्या सोचा होगा! और, लौटकर छवि क्या उत्तर देगी! अपने इस आचरण का मार्जन करते हुए अक्षय ने बहुत कोमल स्वर में पूछा, "घर में कौन-कौन आया है, छवि?"

"मुरादाबाद से बुआ बच्चों को लेकर आईं हैं। भाईसाहब दो दिन बाद आएँगे।"

"तुम प्रसन्न हो, छवि?"

अक्षय ने छवि को अपनी ओर एकटक देखते पाया। यह कैसा प्रश्न है? फिर उसने पूछा, "और आप?"

"मैं स्वयं नहीं जानता, छवि। कभी-कभी बहुत घबरा उठता हूँ। पर तुम पास होती हो तो सारे संशय दूर हो जाते हैं।" अक्षय ने अपने को कहते पाया और दूसरे क्षण अपने कथन की सत्यता ने स्वयं उसे झकझोर दिया। उसने झुककर छवि का हाथ अपने हाथ में ले लिया। उसकी उष्ण, पसीजी हुई-सी हथेली थामे हुए अक्षय को अपने पर आश्चर्य हुआ कि छवि जब हरदम इतनी निकट थी तब भी उसे संशय क्यों होता रहा? छवि का हाथ पकड़कर वह उस रात की स्मृति का सामना कर सकता था...उस शाम पहले वर्षा हुई थी और फिर ठंड पड़ने से हर जगह बर्फ़ जम गई थी। सड़क पर मोटरें फिसल रही थीं और ऐसी रात में बीरू अक्षय की कार माँगने आया था। अक्षय उसे मना करते-करते रुक गया और चुपचाप कार की चाबी उसे दे दी। शायद बीरू को पता नहीं था कि सुधीरा ने सबकुछ अक्षय को बता दिया है, नहीं

तो वह ऐसा सहज, स्वाभाविक मैत्रीपूर्ण व्यवहार न करता। बीरू के जाने के बाद अक्षय ने तुरन्त सुधीरा को फ़ोन किया और रेगुलेटर में एक ड्रिंक के लिए इनवाइट किया। सुधीरा ने कहा कि उसे हल्का-सा कोल्ड है, उस रात वह कहीं नहीं जाएगी।

अक्षय उसके बाद कमरे में न रुक सका। कोट पहनकर रेगुलेटर चला गया और बियर पीते हुए टेलीविज़न देखता रहा। रात को दो बजे थे या तीन, इसकी उसे सुध नहीं। जब वह सर्दी में घर लौटा तो कमरे में दो-तीन मित्र प्रतीक्षा कर रहे थे। अक्षय ने मस्तिष्क के कोहरे को भेदकर बात ग्रहण की, कार का एक्सीडेंट हो गया था। बीरू की तत्काल मृत्यु हो गई और सुधीरा बेतरह आहत हो गई थी।

सुधीरा?

उसके बाद प्रश्न, उत्तर, सम्वेदना, मित्रों का उसके प्रति कोमल व्यवहार। सुधीरा की माँ कैलासी का सबकुछ भूलकर धीरे-धीरे रोना।

ज़िन्दगी-भर के लिए अपाहिज हो गई सुधीरा—बोलती नहीं, सुनती नहीं, केवल खुली हुईं, सूनी, रिक्त आँखें।

फिर रात को चौंककर जाग जाना और सुधीरा की चीख़, कैलासी का धीरे-धीरे रोना। बर्फ़ पर रक्त के दाग़...

"चलो छवि, अब चलें। अँधेरा हो रहा है," उसने कहा। छवि उठ खड़ी हुई और दोनों पास-पास चलते हुए लौट पड़े। रंगीन बन्दनवार और नई ईंटों का चूरा। अक्षय जान रहा था कि वह छवि के साथ नई ज़िन्दगी आरम्भ कर सकेगा और कुछ अंश तक सफल भी होगा। पर एक पीड़ा उसकी अपनी है, बिलकुल अपनी; और उस पीड़ा का स्रोत है यह बोध कि वह यदि चाहता तो बीरू को बचा सकता था, क्योंकि उसे मालूम था कि कार के ब्रेक ठीक नहीं थे।

चाँदनी में बर्फ़ पर

सारे दिन धूप खिली रही। ग्रीष्म में जहाँ झील का नीला पानी था, वहाँ अब दूर-दूर तक केवल जमी हुई बर्फ़ दिखाई देती थी और उस पर शाम तक बच्चे स्केटिंग करते रहे। अपनी स्टडी में आराम-कुर्सी पर बैठे-बैठे हेम घंटों उन्हीं को ताकता रहा था। दूर से बच्चों के लाल मोजे और फुन्देदार टोपियाँ ऐसी लगती थीं जैसे सफ़ेद बर्फ़ पर एक फुलवारी उग आई हो।

मीरा ने जब शाम की चाय का सामान ट्रे में लाकर स्टडी में प्रवेश किया तो हेम चौंक पड़ा। उसे समय की गति का पता ही न चला था। उसे मीरा का चेहरा कुछ थका-सा लगा। उसने मीरा को घर की सफ़ाई में आज सहायता करने का वचन दिया था, यह याद आने पर अपने को अपराधी-सा अनुभव करते हुए हेम ने मीरा की बाँह पकड़कर अपनी ओर खींच लिया और फीकी-सी हँसी हँसते हुए मीरा ने स्पष्ट ही बड़ी दृढ़ता से अपनी बाँह छुड़ा ली। वह उठी और खिड़की के पास जाकर खड़ी हो गई। ''आज का दिन कितना सुहाना था! धूप थी, पर ऐसा ताप नहीं कि बर्फ़ पिघल जाती।''—हेम को सम्बोधित कर मीरा ने कहा। वह जाकर मूढ़े पर बैठ गई और गहरे नारंगी रंग की चायदानी से प्यालों में चाय छानने लगी। यह चायदानी पिछले क्रिसमस पर मीरा के एक नारवीजियन मित्र ने उपहार में भेजी थी और मीरा उसे पाकर बहुत प्रसन्न हुई थी। तब से यह रोज़ ही प्रयुक्त होती आई थी। इस समय हेम ने एकाएक ही कहा—''कुछ दिन इस चायदानी को उठाकर क्यों नहीं रख देतीं, मीरा! मैं तो इसके नारंगी रंग से पूरा ऊब गया हूँ।''

मीरा कुछ कहते-कहते रुक गई। उसने पलकें उठाकर हेम को एक छोटे-से पल के लिए देखा। हेम को वह दृष्टि उस माँ की-सी लगी जिसके छोटे बच्चे ने शैतानी पर कमर कस ली हो।

''रख दूँगी। पर टी-बैग की चाय तो तुम्हें अच्छी नहीं लगती।''

जैसे इन निरर्थक, उद्देश्यहीन बातों से थक आया हो, ऐसे हेम कुर्सी से सिर टिकाकर चुप हो आया। प्यालों से भाप निकलती रही और घर के अन्दर सन्नाटा छाया रहा।

मीरा दुखी या नाराज़ होने पर झगड़ा नहीं करती, चीख़ती-चिल्लाती नहीं, न जल्दी आँसू ही निकलते हैं। उसके आचार-व्यवहार से नहीं लगता कि वह हेम से नाराज़ है। हेम चाहता है कि कभी तो वह अपना क्रोध प्रदर्शित करे; बरतन उठाकर फेंके, हेम को भला-बुरा कहे। उससे कम से कम बीच का वातावरण तो साफ़ हो जाएगा। हेम के ऊपर यह घुटे-घुटे-से बादल तो न छाए रहेंगे।

मीरा को चाय अच्छी नहीं लगती, पर हेम का साथ देने के लिए आधा प्याला पी लेती है। शुरू-शुरू में जब साढ़े चार बजे मीरा हेम के लिए चाय लाने लगी, तो हेम को यह बहुत सुखद लगा। पर अब चाहता है कि मीरा चाय रख दे और चली जाए। न जाने क्यों अकेले में उसके साथ बैठने में उसे कुछ उलझन-सी होने लगती है। सारा दिन काम-धन्धे में निकाल देता है। रात को भी वह देर तक पुस्तकों में अपने को उलझाए रखता है, और तब तक यदि मीरा जागती रही, तो 'बहुत थक गया हूँ' कहकर वह मीरा की ओर पीठ फेरकर, तकियों में सिर गड़ा, आँखें मूँद लेता है। एक तरह से यह अच्छा ही है कि अँधेरे में मीरा के चेहरे का भाव दीखता नहीं।

हेम मीरा को दोष नहीं देता। दोनों के सम्बन्धों में जो ठंडापन आता जा रहा है, उसे मीरा लक्ष्य तो करती होगी। बात ही ऐसी है। दोनों के बीच सहज आलाप का जो निर्बाध स्रोत था, अचानक ही चुक गया है। पति-पत्नी हैं, इसलिए साथ रहते हैं, पर हेम में एक बेगानापन-सा घर करता जा रहा है। मीरा से यह विवाह क्षणिक आवेश में नहीं किया था। पूरे एक साल मीरा मन और विचारों पर छाई रही थी। और, विवाह के बाद लगा था कि जीवन में नए आयाम आ गए हैं। ऐसा भरा-भरापन-सा था। और, वह मीरा के साथ सुखी भी है। इस समय मीरा के चेहरे को ताकता हुआ हेम मन ही मन अपने से कहने लगा कि यह मनःस्थिति उसकी अपनी बनाई हुई है। मीरा से उसके सम्बन्ध अब भी उतने ही सहज, मधुर, प्रीतिकर हैं। इसी विचार के वशीभूत हो, वह उठ खड़ा हुआ और मीरा के पास जाकर, उसके कन्धों को हाथों से पकड़कर दबाता हुआ बोल उठा–''मेरी!''

मीरा के चेहरे पर विस्मय दौड़ गया। उसके मित्र तथा परिवारवाले, सभी उसे 'मेरी' कहकर बुलाते हैं, पर हेम ने शायद ही कभी उसे मेरी कहकर पुकारा हो। वह हेम को एकटक देखने लगी। हेम ने झुककर उसके माथे पर होंठ रख दिए और कुछ झेंपा-सा उसकी ओर से मुड़कर खड़ा हो गया। अन्त में मीरा ने ही उसे इस कष्टदायक स्थिति से उबारा। चाय के बरतन समेटती हुई वह उठ गई और जाते-जाते कह गई–''मैं अब तैयार होने जा रही हूँ; कुछ काम से बाहर जाना है।''

उसके चेहरे या स्वर से हेम बिलकुल न जान सका कि अपने को मेरी पुकारा जाना उसे कैसा लगा। फिर हेम स्वयं ही तर्क कर उठा, नाम और परिधान बदल लेने से ही वह मेरी से मीरा थोड़े ही हो जाएगी। रहेगी तो वह अमरीकी ही। पूरी गर्मी-भर उसने लेक मन्दोता में स्नान कर अपने शरीर को धूप में सेंका था। जैसे-जैसे उसका

स्वच्छ उज्ज्वल चेहरा ताँबई होता गया था, उसने हेम के मुख से मुख सटाकर कहा था–"देखो, तुमसे सिर्फ़ एक शेड उजली हूँ। जल्दी ही तुम-सी डार्क हो जाऊँगी।"

"मुझे तो तुम्हारा रंग जैसा है वैसा ही अच्छा लगता है–दूध-सा गोरा।"

"तुम भारतीय बहुत कलर कांशस हो।"

मीरा से तर्क में नहीं जीता जा सकता। उसने एक वर्ष बनारस में रहकर हिन्दी और पाली का अध्ययन किया है। काफ़ी घूमी भी है और भारतीय जीवन से अच्छी तरह परिचित है। जब बनारस गई थी, तो मेरी मेलनिक थी, कटे हुए बाल थे, स्कर्ट पहनती थी। लौटी तो अपने को मीरा कहती थी। साड़ी ऐसी सहजता से पहनने लगी थी जैसे सदा से यही वेषभूषा रही हो। अब भी साड़ी पहनकर वह सभी भारतीय स्त्रियों से अधिक सुन्दर दिखती थी और अगर हेम ने आग्रह कर उसे रोक न दिया होता, तो वह अपने कन्धे तक बढ़ आए सुनहरे बालों को काला रँगवा लेती। अब वह मीरा कुमार थी और बाल सोने के तारों-से, आँखें नीली–ऐसी नीली जैसे कि ग्रीष्म में लेक मन्दोता का पानी।

हेम ने स्वीकारा कि इस विवाह में प्रत्यक्ष रूप से सारे त्याग मीरा ने ही किए थे। उसके माता-पिता मीरा से रुष्ट भी थे। मीरा को जहाँ अच्छा लगेगा, वहीं वह रहेगा, इस बात पर हेम राज़ी हो गया था, यद्यपि मन में छोटी-सी आशंका थी कि एक अध्यापक के वेतन पर मीरा भारत में कैसे रह पाएगी। जिस छात्रवृत्ति पर वह गई थी, उसमें उसे तीन सौ रुपए केवल ज़ेबख़र्च के लिए मिलते थे। उस समय हेम को एक पल के लिए भी एहसास न हुआ कि वह अपनी सत्ताईस वर्ष तक जी हुई ज़िन्दगी को मेरी मेलनिक के लिए काटकर फेंक दे रहा है।

मीरा तैयार होकर शयनकक्ष से बाहर आई और अलमारी में टँगा कोट निकालने लगी।

"मैं बाज़ार जा रही हूँ; तुम्हें कुछ चाहिए?"

"एक डिबिया सिगरेट।"–हेम ने कहा।

जाड़ों में मीरा स्कर्ट पहनती है–ज़्यादातर मोटे ऊन की गहरे सलेटी रंग की स्कर्ट, भारी-सा स्वेटर या फिर ऐसी कसी हुई पोशाक जिसमें उसकी कटि और भी पतली लगने लगती है। इधर-उधर चलने पर स्कर्ट का घेरा धीरे-धीरे हिलकर मीरा की टाँगों को छूता है। इस समय उसने बालों पर सिल्क का स्कार्फ बाँध लिया था जिसके अन्दर उसके बाल व कान ढँक गए थे।

मीरा ने कोट पहनकर हाथों पर दस्ताने चढ़ाए और बाहर चली गई। कुछ देर में हेम ने कार स्टार्ट होने की आवाज़ सुनी और जाना कि मीरा जा रही है। शायद आज शाम की स्केटिंग पार्टी के लिए उसे कुछ सामान ख़रीदना हो। तब हेम को लगा जैसे सुबह से अनमने हो जाने के मूल में यही स्केटिंग पार्टी है। मीरा और वह, दोनों ही अन्तर्राष्ट्रीय संघ के सदस्य हैं। चाँदनी रात में लेक पर जब स्केटिंग करने का

प्रोग्राम बना तो मीरा ने उसका समर्थन किया। क्योंकि घर लेक के पास है, इसलिए सब यहीं एकत्र हों और स्केटिंग के बाद गरमाने के लिए भी सब वहीं वापस आएँ, यह भी मीरा का ही विचार था। हेम को स्केटिंग नहीं आती। देर रात गए तक घर में हो-हल्ला भी उसे पसन्द नहीं। मीरा जैसे यह भूल गई। हेम खुलकर कुछ कह न सका, यद्यपि मन में वह ताव खाता रहा। क्लब का अध्यक्ष पियेर था–फ्रांस का एक विद्यार्थी और उस पार्टी की व्यवस्था के लिए वह कई बार मीरा से मिला, जो हेम को अच्छा नहीं लगा।

अपनी इस असमर्थता पर हेम को अब फिर क्रोध आ गया। उसने मीरा को इतनी स्वतन्त्रता दी ही क्यों? पर साथ ही यह विचार कि मीरा पर प्रतिबन्ध लगा भी कैसे सकता है? विवाह से पहले मीरा अपने नारंगी चायदानी भेजनेवाले मित्र के साथ वरमांट में स्कीइंग के लिए गई थी और कई दिन दोनों ने साथ-साथ यात्रा भी की थी। एक बार हँसी में पूछने की चेष्टा भी की कि उस यात्रा में केवल स्कीइंग ही हुई थी या और कुछ भी। मीरा ने प्रखर दृष्टि से उसे देखते हुए बात टाल दी थी।

हेम जब कभी भारतीय स्त्रियों के पातिव्रत या सतीत्व की बात करता, तो मीरा अपने छात्रावास की उस लड़की का हवाला देती जो विवाहित होते हुए भी सप्ताहान्त अपने प्रेमी के साथ बिताया करती थी। और फिर हेम स्वयं भी उसे कल्याणी के बारे में बता चुका था। कल्याणी! हेम के आगे एक स्मृति-रेखा उभरी और लोप हो गई। गंगास्नान के बाद घाट की सीढ़ियों पर चढ़ती हुई कल्याणी। आँखें उठाकर उसने घाट पर खड़े हेम को देखा और भीगी साड़ी की परतों में लजाकर सिमट गई। हेम ने धीरे से हँसकर जैसे उसकी लाज को सौ गुना बढ़ा दिया। कल्याणी के भागकर आड़ में हो जाने पर भी उस रात की याद, जो कुछ दिन पहले कल्याणी ने उसके साथ बिताई थी, हेम के मन में हिलारें-सी लेती रही।

मीरा कमरे की बत्ती खुली छोड़ गई थी जिसका प्रकाश हेम को खटक रहा था। हेम ने उठकर बत्ती बन्द की और एकाएक अत्यन्त उद्विग्न हो कमरे में कई चक्कर लगाए। उसने उठकर अपना कोट पहना और घर से बाहर निकल पड़ा। चलते-चलते एक पंक्ति लिखकर मीरा के लिए छोड़ गया–"घूमने जा रहा हूँ।"

सूरज डूबने के बाद सर्दी एकाएक बढ़ गई थी और झील की ओर से आती हुई तीखी हवा हेम का शरीर बेधने लगी। हेम तेज़ क़दमों से झील की ओर बढ़ चला और वहाँ पहुँचकर, कोट की ज़ेबों में हाथ डालकर उधर देखता रहा। गर्मी में उस पार क्या है, यह नहीं दिखाई देता, पर इस धुन्ध-रहित स्वच्छ साँझ में उधर हवाई अड्डे की रोशनियाँ दिखाई दे रही थीं। झील के उस ओर पड़ी बेंचें बर्फ़ से ढँकी हुई थीं। हेम कुछ देर खड़ा रहा और जब उसका शरीर ठंड से सुन्न होने लगा, तब वह मुड़कर कैफ़ेटेरिया की ओर चला गया। यूनिवर्सिटी की प्रत्येक प्रमुख बिल्डिंग से लेक मन्दोता अवश्य दिखाई देती है। हेम ने कॉफ़ी ली और एक कोने में बैठने जा ही

रहा था कि उसकी दृष्टि एक मेज़ पर बैठै तीन भारतीयों पर पड़ी जिनमें से एक अविनाश भी था। एक अनजान प्रेरणावश वह उसी ओर बढ़ गया, ''हलो, अविनाश!'' उसने कहा।

पूरे कैम्पस के दो सौ भारतीयों में हेम की रेप्युटेशन अत्यन्त भारतीय-विरोधी के रूप में है। वह कभी छात्रसंघ की मीटिंगों, दीवाली या रिपब्लिक दिवस के उत्सव में नहीं जाता। उसे अपने पास आए देख अविनाश कुछ अचकचा गया, फिर बोला–''हेमन्त दा, आइए बैठिए।'' हेम ने कुर्सी घसीटकर बैठते हुए अपना परिचय दिया। अविनाश ने बताया कि उपस्थित जनों में एक किशोर वर्मा थे। कुछ सप्ताह पहले ही पटना से आए थे। दूसरे थे जैन, अविनाश के साथ ही गणित विभाग में थे। परस्पर अभिवादन के बाद एक छोटी-सी चुप्पी वहाँ छा गई। फिर अविनाश ने कहा–''आपको तो पता ही होगा, सुषमा का विवाह मार्च में हो रहा है।'' फिर उसने जैन और वर्मा को सम्बोधित करते हुए कहा–''हेम दा की चाची रिश्ते में मेरी बुआ हैं।''

''साहब, कमाल है! इतनी दूर आकर भी आप सम्बन्धी निकल आए!'' जैन ने कहा।

''मेरे यहाँ आ पाने का श्रेय हेम दा को ही है। यहाँ से सारे फ़ॉर्म और सूचना भी इन्होंने ही मुझे भेजी थी और इन्हीं के प्रयत्नों से मैं यहाँ आ पाया।''

हेम को लगा कि अविनाश एक साल में ही बदल गया है। उसमें बहुत कांफ़िडेंस आ गया है। अविनाश को उसने चाची के अनाथ होने पर मेधावी भतीजे के रूप में जाना था। हेम पर अविनाश की जो श्रद्धामिश्रित भक्ति थी, उसी के कारण अविनाश के भारत से आने में हेम ने सहायता की थी। पर अविनाश के आने पर उसकी नवविवाहिता पत्नी को देखकर हेम अवाक् रह गया था। वह कल्याणी थी। कल्याणी, जो बचपन से तीन बड़ी बहनों व माता-पिता के साथ हेम के पड़ोस में रहती आई थी और सजातीय होने के कारण घर में खूब आना-जाना था। हेम की मँझली बहन सुषमा से उनकी घनिष्ठ मैत्री थी।

कल्याणी–गठा, गेहुँआ शरीर, झँपी-सी आँखें, होंठों के कोने थोड़े-से उठे हुए। विदेश आने पर कल्याणी के मुख की स्मृति धूमिल पड़ गई थी। मीरा के परिचय और निकट सम्पर्क ने उसे थोड़ा-सा और पीछे ठेल दिया। उसके विवाह से कल्याणी के मन को बहुत ठेस पहुँचेगी, हेम यह जानता था पर उस समय मीरा कुछ ऐसी सम्पूर्णता से हेम के मन और विचारों पर छाई थी कि कल्याणी के दुख का ख़याल देर तक नहीं रहा। कल्याणी का विवाह कहीं न कहीं हो ही जाएगा, यह सम्भावना मन में थी। बड़ी तीनों बहनें कल्याणी के पिता ने किसी न किसी तरह पार लगाई थीं, फिर कल्याणी तो सबसे अच्छी थी। रेलवे में कोई बाबू या सेक्रेटेरियट में कोई क्लर्क उसके पिता ढूँढ़ लेंगे और आर्टिफ़िशल सिल्क की साड़ी से आँखें पोंछती हुई कल्याणी ससुराल चली जाएगी।

कल्याणी का विवाह अविनाश के साथ हुआ है और वह उसके साथ यहीं आ पहुँची है, यह देख हेम ने अपने को थोड़ा-सा अपमानित-सा अनुभव किया। मीरा के साथ रहते हुए भी कभी कल्याणी का ख़याल आता भी, तो उसी रूप में जैसे कि वह उसे छोड़कर आया था; कि वह सादा-सी साड़ी पहने अपने आँगन में खड़ी है; आँखें उदास, रुलाई रोकते हुए भिंचे होंठ और अन्दर कमरे में रेडियो खूब ज़ोर-ज़ोर से बज रहा है।

यह शादी चाची ने ही करवाई होगी। आने के बाद अनिमन्त्रित ही अविनाश कल्याणी के साथ हेम के घर मिलने आया था, यद्यपि हेम ने मीरा को नहीं बताया कि अविनाश की पत्नी ही उसकी प्रेमिका रह चुकी है। कल्याणी पूरी शाम चुप बैठी मीरा को एकटक ताकती रही। कभी-कभी हेम से दृष्टि मिल जाती, पर वह दृष्टि भावशून्य होती। वह सफ़ेद सिल्क की मामूली साड़ी पहने थी, गले में पतली-सी चेन, कानों में सोने के टॉप्स। उस शाम वह हेम को बहुत साधारण लगी थी और मन में थोड़ा-सा आश्चर्य भी हुआ था कि क्या कभी इसी लड़की की अदम्य चाहना मन में बसी हुई थी!

''सुषमा का विवाह?'' हेम ने दोहराया।

''हाँ, कल्याणी के पास पत्र आया था।''

कितने अधिकार व अपनत्व से अविनाश ने कल्याणी का नाम लिया था।

पर फिर हेम का ध्यान सुषमा के विवाह पर केन्द्रित हो आया और उसने पूछा–''सुषमा का ख़त था?''

''नहीं, सुषमा तो नहीं लिखती; चाची ने लिखा था। मार्च में विवाह है।''

''और कुछ?''

''और तो कुछ नहीं।'' अविनाश ने कहा।

हेम एकदम निःशक्त हो आया। उसे लगा कि भारत में उन सब लोगों ने जीवन से उसे किस पूरी तरह निकाल फेंका है! पिता ने विवाह की स्वीकृति देने की बजाय लिख भेजा था–''आज से मेरी चार सन्तानों में तीन ही रह गईं। एक बेटा था, वह मर गया।'' हेम ने यह न जाना था कि वह अपनी बात पर ऐसे दृढ़ रहेंगे। माँ ने छिपाकर ख़त लिखा था–बहुत मिन्नतों और आँसुओं से भरा हुआ। उसमें यह भी उल्लेख था कि यदि हेम की इच्छा होगी तो कल्याणी से ही विवाह कर देंगे, पिता को वह समझा-बुझा लेंगी, पर वह लौट तो आए।

कल्याणी की ओर से पूरी तरह मौन रहा। हेम को पत्र लिखने का अवसर उसे कम मिलता था। पहले कभी-कभी सुषमा के पत्र में ही दो पंक्तियाँ लिख देती थी–कैसे हो? कब लौटोगे? बाद में सुषमा के पत्र भी आने बन्द हो गए और उसी के साथ दो उज्ज्वल, भावाकुल नेत्रों की प्रतीक्षा भी।

तब हेम ने बैठकर माता-पिता को सम्बोधित कर, एक लम्बी चिट्ठी लिखी

जिसमें उसने उन्हें यह समझाने का प्रयत्न किया कि उसके जीवन में मेरी मेलनिक नाम का कुछ ऐसा अनहोना घट गया है, जिसे वह अपने से काटकर दूर नहीं रह सकता। बहुत सम्भव है कि वह पत्नी को लेकर वापस लौट आए। आख़िर मेरी भारत से परिचित है। पर यह लिखते हुए उसके सामने बरेली का मकान घूम गया– छोटे-छोटे तीन कमरे, पीले रंग का पुता हुआ चौका, बरामदे में मद्धिम रोशनी का बल्ब और फिर परिवार, झुके कन्धोंवाले पुराने काले कोट में कचहरी की ओर जाते वकील पिता, घर की धुली माँ की साड़ी और थकान-भरे चेहरे पर सरल वत्सलता और यह पत्र पढ़कर उसका चेहरा कैसा हो जाएगा, इसका भी पूरा बोध! हेम की शादी का माँ के मन में कितना चाव था। हेम की बड़ी बहन के विवाहोत्सव पर प्रसन्नवदना माँ की याद आई। गोटे की साड़ी व लम्बे बुन्दों में उसका चेहरा कैसा मधुर और सन्तोषपूर्ण लगता था! हेम ने उससे उसका यह चिरसंचित छोटा-सा स्वप्न भी छीन लिया।

कल्याणी को अविनाश की पत्नी के रूप में देखकर हेम को लगा कि अतीत से उसके सभी सम्बन्ध विच्छिन्न हो गए हैं। अब वह नितान्त अकेला है, पर उस समय वह अकेलापन बोझ नहीं लगा। एक प्रकार की मुक्ति की ही भावना हुई थी। उसे तब यह एहसास न हुआ था कि कल्याणी पड़ोस में रहनेवाली एक साधारण युवती न थी। कल्याणी से उसका अस्तित्व कुछ ऐसा बँध चुका था कि उसे जीवन से निकाल फेंकने से हेम के अन्दर बहुत कुछ अपना भी चूर-चूर हो गया। जिस अतर्कित, सम्पूर्ण भाव से कल्याणी ने अपने को हेम को दे डाला था, उसकी याद हेम को अब भी आँसती। पर अब तो कोई न बचा था। सुषमा का विवाह और हेम को सूचना भी नहीं! हेम ने चाहा कि वह बुरा न माने, पर वह कोशिश करने पर भी इस बात को विचारों से निकालकर न फेंक सका। वह जानता था कि अन्य भारतीयों पर उसका इस बात का रोब है कि उसकी मीरा-सी पत्नी है, ठीक लेक के किनारे महँगा अपार्टमेंट है, नौकरी, प्रतिष्ठा, पर हेम के लिए यह जीवन कितना अलोना हो आया है! इसे शायद मीरा भी नहीं जानती। और प्रायः वे चेहरे आँखों के आगे उभरने लगे थे जिनके बीच पलकर वह बड़ा हुआ था। कभी-कभी रात में आँख खुलने पर लगता कि वह बरेली में अपने कमरे में लेटा है और सुबह होनेवाली है, अभी कुछ ही क्षणों में पिता के खँखारने की आवाज़ सुनाई देगी या अभी कल्याणी की हथेली माथे पर आ टिकेगी। और, वह निस्तब्ध लेटा रहता कि कहीं आहट होने पर वह भाग न जाए।

जैन और वर्मा हेम की कॉफ़ी समाप्त होते ही उठ खड़े हुए। हेम भी उनके साथ ही उठा व सिगरेट निकालता हुआ मन में सोचता रहा कि कभी अविनाश को घर आने के लिए कहे या नहीं। कल्याणी को एक बार फिर देखने की तीव्र इच्छा मन में जाग उठी थी। अविनाश ने पूछा–"अभी घर जाएँगे? यदि समय हो, तो कुछ देर के लिए मेरे यहाँ चले चलिए। कल्याणी ने आपको कितने दिनों से नहीं देखा!"

"कुछ कहती थी क्या!" बिना सोचे हेम पूछ बैठा।

"कभी-कभी कहती भी है कि एक शहर में होते हुए भी मिलना-जुलना नहीं होता।"

हेम को यह बात सुनकर अच्छा लगा।

अविनाश हेम के उत्तर की प्रतीक्षा में खड़ा था। उसकी मुखमुद्रा से यह स्पष्ट था कि उसे विश्वास नहीं है कि हेम के पास समय होगा।

"क्या अब भी वहीं रहते हो?"

"नहीं, इधर जॉनसन स्ट्रीट पर चले आए हैं। वह मकान अच्छा नहीं था। पिछले जाड़ों भर कल्याणी बीमार पड़ी रही।"

जैन और वर्मा से विदा ले हेम अविनाश के साथ चल दिया। उसे अपना यह मुड़ना बहुत प्रतीकात्मक जान पड़ा। कल्याणी अब विवाहिता है, यह बात उसने भुला-सी दी थी। अब एक बार फिर हेम के शरीर में वही उत्कंठा-भरी चाहना जाग उठी कल्याणी के लिए। जैसे वह रात के अँधेरे में लेटा कल्याणी का इन्तज़ार कर रहा है और सम्पूर्ण हृदय से कामना कर रहा है कि कल्याणी आए। फिर दोनों छतों की नीची-सी मुँडेर पर हल्की-सी आहट होती है और हेम जान जाता है कि आज रात कल्याणी को फिर आने का अवसर मिल गया है। हेम को पढ़ने में सुविधा रहे, इसलिए छत की बरसाती कमरे के रूप में परिवर्तित कर दी गई है। उधर तीनों बहनों के विवाह के बाद कल्याणी घर में अकेली है। बूढ़े माता-पिता हैं जिन्हें कल्याणी की गतिविधि का पता नहीं चलता।

कल्याणी को छोड़कर विदेश आने पर पीछे मुड़कर इन बातों को याद कर हेम के मन में ढेर-सी ग्लानि भर जाती थी। पावन या पुनीत वह सब कभी न लगा था। अपराध की भावना दोनों में ही थी, तभी तो हर खटके पर कल्याणी चौंक-चौंक जाया करती थी।

जॉनसन स्ट्रीट पर अधिकतर पुराने मकान हैं। एक-एक इमारत में कई-कई फ़्लैट। गर्द-भरी अँधेरी सीढ़ियाँ चढ़कर वे तीन नम्बर के सामने पहुँचे। अविनाश ने दरवाज़ा खटखटाया।

दरवाज़ा खुला और अविनाश के साथ हेम को पहचानकर कल्याणी एक पल अवाक् खड़ी रह गई। फिर साड़ी खींचकर सिर ढँकते हुए वह मन्द स्वर में बोली–"आइए।"

अविनाश ने हेम का कोट लेकर टाँगते हुए कहा–"ज़रा चाय बनाना।"

"अच्छा।" वह जल्दी से रसोई में चली गई।

यूनिवर्सिटी के आस-पास प्रायः ऐसे फ़्लैट पाए जाते हैं जिनमें अधिकतर एशियाई छात्र रहते हैं। अँधेरे उदास कमरे, बेमेल फ़र्नीचर, पुराना बदरंगा कार्पेट। ऐसा ही अविनाश का फ़्लैट था। मेज़ पर एक बहुत ही पुराने मॉडल का टेलीविज़न

लगा था जिसके स्क्रीन में दिखनेवाला चित्र रह-रहकर काँपने लगता था। मशीन की खराबी के कारण सभी व्यक्तियों के सिर चपटे, माथे तंग व टाँगें अत्यधिक लम्बी लग रही थीं। जब तक चाय आई, हेम उधर ही देखता रहा। कल्याणी ने चाय का सामान लाकर मेज़ पर रखा, टी-बैग प्यालों में डाले, फिर उबलता पानी डालने लगी। हेम तब उसे पूरी तरह देख पाया। चेहरा पहले से कुछ भर गया था, पर खिंची हुई भौंहों के नीचे आँखें वैसी ही उज्ज्वल थीं। यही नहीं, हेम ने उनमें एक बड़ी मधुर प्रीतिकर दृष्टि भी पहचानी। कल्याणी भी उसे उसी उत्सुकता से देख रही थी। शायद वह भी यह जानना चाह रही हो कि हेम को वह सब याद है या नहीं। हेम ने कल्याणी के हाथों को फिर अपने हाथों में लेना चाहा। उसे लगा कि यदि कल्याणी का सान्निध्य एक बार फिर प्राप्त हो तो वह अपने को इतना पंगु, घायल, असहाय नहीं महसूस करेगा। कुछ समय से जो मूर्च्छित जड़ता, अभेद्य उदासी हृदय पर जमी है, वह कम होगी। हेम को आश्चर्य हुआ अपने पर कि उसने यह कैसे सोचा कि वह कल्याणी को भूल गया है।

पुराना यह सबकुछ हेम के मन में उमड़ने लगा और वह कल्याणी को अकेले में पाने के लिए छटपटा उठा। वैसे वह हाथ में चाय का प्याला पकड़े बैठा भी रहा और बातों में भाग भी लेता रहा, पर उसका मन बार-बार उसी पहली रात्रि को याद करता रहा जब कल्याणी नीली रेशमी साड़ी पहने और खूब शृंगार किए हुए, उसके लिए खाना लाई थी। कल्याणी की तीसरी बहन का उसी रात विवाह था। कुछ मेहमान हेम के घर भी ठहरे थे। एक दिन पहले तक हेम को ज्वर था और द्वाराचार में सम्मिलित होकर अपने कमरे में आकर लेट गया था और खुले हुए दरवाज़े से आकाश में छूटते अनार व आतिशबाज़ी को देखता रहा था! पड़ोस में खूब धूमधाम और शोरगुल था। रात को कल्याणी उसके लिए खाना लेकर आई। हेम ने अब तक उसे सादे कपड़ों में ही देखा था, पर उस रात वह बड़ी चमकदार साड़ी पहने थी, कानों में लम्बे बुन्दे और गले में पुरानी चाल का हार, जिसके दाने हेम के सीने में गड़ते रहे थे। शायद वह भी यही याद कर रही हो। हेम ने कल्याणी को देखा जो कि चुप बैठी उसी को ताक रही थी। अविनाश जैसे उस कमरे में था ही नहीं।

फिर अविनाश आग्रह करने लगा कि जो कुछ भी भोजन तैयार है, हेम खाकर ही जाए। हेम ने कल्याणी को देखा और अनुभव किया कि शायद वह भी यही चाहती है। हेम ने स्वीकृति दे दी। कल्याणी रसोई में चली गई और उसके पीछे-पीछे अविनाश भी गया। जल्दी ही वह रसोई से निकला और खूँटी से कोट निकालता हुआ बोला—"कुछ देर के लिए माफ़ी दीजिए, हेमन्त दा, मैं अभी आया।" और चला गया।

दरवाज़ा बन्द होने का शब्द सुन कल्याणी रसोई की देहरी पर आकर खड़ी हो गई।

"कल्याणी!" हेम को अपना स्वर बहुत अस्वाभाविक-सा लगा। वह उठकर कल्याणी के पास जा पहुँचा और उसका हाथ छूते ही झिझक गया। कल्याणी सीधी, अनझिपी दृष्टि से उसे देखती रही। हेम के मन में जितनी उतावली थी, उतनी ही संकोचशील जिह्वा भी थी।

"कल्याणी!" हेम ने फिर कहा–"कल्याणी, मैं तुमसे अकेले में मिलना चाहता हूँ। मैं तुमसे बहुत बातें करना चाहता हूँ।"

"क्यों?" कल्याणी ने पूछा।

"क्योंकि तुम...तुम हो कल्याणी, जिसे मैंने बरसों से जाना है..." हेम कहता-कहता रुक गया। कल्याणी के मुख पर विचित्र-सा भाव था।

"कहिए।"

"यहाँ ऐसे नहीं। क्या तुम कल मुझसे मिल सकोगी, कल्याणी? अविनाश तो गणित विभाग में रहेगा न?"

कल्याणी चुप रही। हेम अत्यन्त उतावली से भरकर बोला, "बताओ न कल्याणी, क्या कल मैं आऊँ?"

"नहीं।" कल्याणी ने कहा, जैसे अन्तिम निर्णय सुना रही हो।

"पर क्यों?"

"क्योंकि मैं नहीं चाहती।" कल्याणी ने कहा।

टेलीविज़न की आवाज़ उस सन्नाटे में एकाएक बहुत तेज़ लगने लगी।

हेम को अपना स्वर अरण्य-रोदन-सा लगा–"पर कल्याणी..." एक क्षण विवश खड़े रहने के बाद वह मुड़ा और अपना कोट झटके-से खूँटी से उतारता हुआ बड़े नाटकीय ढंग से कमरे से बाहर चला आया।

जॉनसन स्ट्रीट से घर पहुँचने तक हेम को कुछ देर लगी। दरवाज़ा खोलकर अन्दर जाते हुए वह जान गया कि स्केटिंग के लिए लोग आने लगे हैं।

"हेम! कहाँ चले गए थे?" मीरा ने कहा। उसने कपड़े बदल लिए थे। अब वह कसी हुई लाल रंग की स्की पैंट्स पहने थी और खूब मोटा-सा स्वेटर। सिर पर लाल ऊन की टोपी थी।

"आप हमारे साथ चल रहे हैं?" पियेर ने पूछा। वह दीवार पर टिककर खड़ा था। उसके हाथ में जो गिलास था, उससे हेम को लगा कि शायद वह ब्रांडी पी रहा था। उसके मुख पर हमेशा बहुत सिनिकल-सा भाव रहता। उसके सामने पड़े हेम को आश्वस्ति-सी होती और यह लगता रहता कि पियेर मन ही मन उस पर हँस रहा है।

"मुझे स्केटिंग नहीं आती।" हेम ने कहा।

अन्य अतिथियों में कुछ जाने-पहचाने चेहरे थे। सभी गर्म कपड़ों से ढँके हुए थे।

"हेम!" मीरा ने मुँह पास लाकर कहा–"हेम, हम लोगों के लिए लौटने तक तुम वाइन तैयार रखोगे?"

मीरा इस समय बहुत प्रसन्न दिख रही थी। उसकी आँखों में चमक थी।

हेम ने रूखेपन से कहा कि वाइन गरमाने का झंझट उससे नहीं होगा।

"हम लोग आकर प्रबन्ध कर लेंगे। हेम को क्यों तकलीफ़ देती हो!" पियेर बोला। फिर सब अपने-अपने स्केट्स उठाकर घर से निकले। मीरा ने हेम की बाँह पकड़कर कहा–'हेम, लेक तक तो साथ चलो।"

हेम ने उसका सामान उठा लिया। वह और मीरा सबके बाद घर से बाहर निकले।

"तुम स्केटिंग सीख लो, तो बड़ा अच्छा रहे।" मीरा ने चलते-चलते कहा। वह हेम से सट गई। उनके आगे-आगे पियेर चल रहा था–अकेला चुप।

लोग लेक के पास पहुँचकर रुक गए, फिर झुककर जूते निकालकर स्केट पहने जाने लगे और लड़कियों की हँसी और चीख़ों से झील की शान्ति टूट गई। हेम खड़ा-खड़ा मीरा को देखता रहा। वह सँभलकर बर्फ़ पर उतर गई और फिर उसने बाँहें फैलाईं, एक बैलेरीना की तरह लोच गति लिए हुए वह दूर बर्फ़ पर फिसलती चली गई।

सलेटी रंग का दूर-दूर तक फैला आसमान, चाँद। घास या इमारतों पर जैसी उज्ज्वल चाँदनी होती है, वैसी झील की बर्फ़ पर नहीं, कुछ धुँधली मटमैली; किनारे एक आइसबोट का औंधा पड़ा हुआ ढाँचा, दूर एयरपोर्ट की बत्तियाँ। "चाँदनी में स्केटिंग करना अच्छा लगता है न?" पियेर ने पूछा। मीरा और पियेर और लोगों से बहुत आगे निकल आए थे।

फिर पियेर ने दाईं बाँह मीरा की कमर में डाल दी और दोनों एक ही रिद्म पर घूमते रहे।

"मेरी, कल मुझसे मिलोगी?" कुछ देर बाद पियेर ने पूछा।

"क्यों?"

"ऐसे ही अकेले में तुमसे मिलना चाहता हूँ। तुम्हारे पति तो घर पर नहीं होंगे न?"

"अच्छा।" मीरा ने कहा।

धम्म-से कोई बर्फ़ पर गिरा। नारी कंठ से निकली हँसी हेम तक आई। हेम ने कोट का कालर खड़ा कर गरदन ढँकी और घर की तरफ़ लौटने लगा।

टूटे हुए

इस रात नींद नहीं आती। बिस्तर पर लेटा हुआ हूँ। वाई.एम.सी.ए. का छोटा-सा कमरा, सोलहवीं मंज़िल पर, बाहर की ओर एक खिड़की खोल देने पर लाखों-लाखों चमकती, झिलमिलाती, उजली, सफ़ेद, रंगीन बत्तियों का आलोक कमरे में छा जाता है। हर दो मिनट पर धड़धड़ाती हुई इलेक्ट्रिक ट्रेन पुल पर से निकल जाती है और उसके शोर में नीचे निरन्तर चलती हुई ट्रैफ़िक का रव दब जाता है।

मैं उठकर खिड़की के पास आ गया हूँ। हवा ठंडी है, दोनों बाँहें सीने पर बाँध मैं आगे झुककर बाहर देखने लगा हूँ। दूर बत्तियों के पार, अँधेरे का एक बड़ा-सा धब्बा है, मैं जानता हूँ कि वह द्रव अन्धकार निश्चल नहीं, वहाँ लहरें हर क्षण आ-आकर तट से टकरा रही हैं, उसके किनारे बैठकर मैंने जल-चन्द्रोदय देखा था, क्या वह आज की ही सन्ध्या थी? महानगरी का कोलाहल, भाग-दौड़ पीछे छूट चुकी थी; मिशिगन सागर की ओर से रह-रहकर ठंडी हवा के झोंके आ रहे थे; मेरी दाहिनी बाँह के रोम रह-रहकर खड़े हो जाते। कुछ दूर ऊँचाई पर वीपिंग विलो का एक वृक्ष झुका-सा खड़ा था।

वह रेत पर लेटी थी। पैर फैलाए, कुछ लापरवाही से। साड़ी का किनारा नीचे से काफ़ी गन्दा हो गया था। फिर भी, उसने रेत व मिट्टी से उसे अलग करने की कोई चेष्टा न की। रेत पर उसने अपना कोट बिछा लिया था और उसके बालों ने आगे गिरकर माथे व बाईं आँख को थोड़ा-सा ढँक लिया था; वह एकटक आकाश को ताक रही थी।

उसका एक हाथ मेरे बहुत निकट आ गया। नाखूनों पर मटियाली पॉलिश थी। लम्बी, शिथिल उँगलियाँ। वह लेटी थी, मौन, बन्धनमुक्त, अलसाई-सी और सामने मिशिगन सागर था, पीछे शिकागो नगर और उस सुनहरी बालू पर दूर-दूर तक जन-समूह।

आज उसने कितनी बातें की थीं।

वह बोलती कम है। उसकी भाव-भंगिमा उसके विचारों को कभी-कभी प्रकट कर देती है। अधिकतर वह अपने को एक मौन रहस्य में लिपटा रखना चाहती है। पर

आज; मुझे लग रहा था कि आज उसका बोलना चुकेगा नहीं, उसके अन्दर का कोई अवरुद्ध द्वार खुल गया था। मैं कुछ आश्चर्य से उसकी बातें सुनता रहा। उसमें कहानीकार की-सी सहज प्रवहमानता है। कई बार सोचा कि उससे कहूँ, पर उसकी विद्रूपता-भरी हँसी सहन न होगी।

मुझे यह भी डर था कि वह चुप हो जाएगी और फिर चुपचाप पड़ी-पड़ी उस खुले, धूप-भरे, नीले आकाश को ताकने लगेगी, और मैं उसकी आत्मीयता और निकटता के घेरे से निकाला जाकर एक बार फिर अपने को अपरिचित-सा महसूस करने लगूँगा।

"क्या सोचती हो, तब?" मैंने पूछा। अपने को क्रिया-कलापों से अचानक हटाकर आत्मलीन हो जाना उसके लिए बहुत साधारण है।

"कुछ नहीं। कुछ भी नहीं। मन तब ख़ाली पात्र-सा हो जाता है। एक ऐसा पात्र जिसके तल में एक बड़ा-सा छेद हो और एक बूँद पानी भी न टिक सके। कुछ भी न करने, कुछ भी न सोचने की ऐसी स्थिति में मैं एक ऐसी झील-सी बन आती हूँ जिसमें कहीं नन्ही-सी हिलोर भी नहीं उठती, जो काँच की तरह जमी हुई, निश्चल, सूने आकाश के नीचे बिखरी पड़ी हो।"

बालू भीगती जा रही थी! पानी के ऊपर आकाश दहकता लाल हो आया था। वह कोट बिछाकर उस पर लेटी हुई थी, स्थिर, निश्चल झील-सी।

आकाश स्वच्छ था, कहीं बादल का एक टुकड़ा भी नहीं। बैठे-बैठे मेरे पैर सो गए थे। चाहता था कि मैं भी रेत पर लेट जाऊँ उसके समीप, पर साहस नहीं हुआ। अगर इतना दब्बू न होता तो ठीक रहता। स्मार्टनेस से ही काम बनता है। मैं अपनी सीमाएँ जान रहा था : भारत की एक कंजरवेटिव यूनिवर्सिटी का छात्र, कभी 'स्मार्ट सेट' का अंग नहीं रहा, अंग्रेज़ी नहीं बोली, कॉफ़ी हाउस में नहीं बैठा, रोमांटिक साहित्य नहीं पढ़ा। भाषा-विज्ञान का छात्र हूँ–रूखा, नीरस विषय। वह एक प्रमुख प्रोफ़ेसर की पत्नी है–कटे हुए बाल, ऊँची एड़ी के सैंडिल, स्मार्ट, कार चलाती है, गर्मी में सेल करती है।

मेरे आने के कुछ ही दिन बाद उससे परिचय हुआ था, हम दोनों एक ही जाति के हैं, एक ही शहर के, एक भाषा-भाषी।

तब वह कितनी प्रसन्न हुई थी।

मुझे आए थोड़े ही दिन हुए थे। आठवीं स्ट्रीट पर एक फ़्लैट में टिका हुआ था। एक साथी और था। सस्ता मकान था, पुराना, गन्दा, पर और कोई उपाय न था, साल-भर के कांट्रैक्ट पर हस्ताक्षर कर चुका था। बाक़ी सभी किराएदार भारतीय थे, दो पाकिस्तानी। सारे दिन हींग, नारियल के तेल और विविध मसालों की गन्ध गलियारों में मँडाराया करती थी।

एक दिन लाइब्रेरी से लौटकर देखता हूँ कि घर के आगे उसकी गाड़ी खड़ी है।

लाल रंग की स्पोर्ट्स कार। घबरा गया, सोफ़े पर सोता था और जाने से पहले सारे कपड़े इधर-उधर बिखेर गया था। पहली प्रतिक्रिया हुई भाग खड़े होने की, पर मन कड़ा कर अन्दर गया। वह सोफ़े पर बैठी थी। मेरे कपड़े वहाँ नहीं थे, पास में ऊपरवाली मिसेज़ नायक बैठी थीं। मिसेज़ नायक के पति उसके पति के असिस्टेंट थे। वह चाय पी रही थी, उसके हाथ में जो चाय का प्याला था, वह साबुन का डिब्बा ख़रीदने पर मुफ़्त मिला था, मैचिंग प्लेट अभी नहीं थी।

वह मुझे देखकर बोली, ''इतनी-इतनी देर लाइब्रेरी में बैठे रहते हो, एक बार जो बीमार पड़े तो फिर पनप नहीं पाओगे।''

मैंने उत्तर में कुछ नहीं कहा, किताबें मेज़ पर रख कुर्सी खींचकर बैठ गया।

''तुम्हें खाने पर कई दिन से बुलाना चाहती थी। इस शनिवार को आ सकोगे?''

''सिर्फ़ इसीलिए इतनी तकलीफ़ की?'' मैंने कहा।

पहली बार लगा कि उसके यहाँ बैठने से कमरे का सारा शैबीपन फ़ोकस में आ गया है। अंगूर की बेलोंवाले छापे का हरा वॉलपेपर, धूल-भरे प्लास्टिक के परदे, ढीला-ढाला सोफ़ा।

वह उठ खड़ी हुई, प्याले को मेज़ पर रखती हुई बोली, ''तो शनिवार को मैं लेने आऊँगी।''

''नहीं, नहीं, मैं स्वयं आ जाऊँगा।''

''स्वयं नहीं आ सकोगे। काफ़ी दूर घर है, रास्ता भी आसान नहीं।''

''टैक्सी से...'' मैंने कहा।

''शनिवार को, छह बजे,'' उसने कहा, ''तैयार रहना।'' उसने अपना पर्स उठाया और चली गई। उसे दरवाज़े तक पहुँचाकर मैं वापस आकर कुर्सी पर बैठ गया।

मिसेज़ नायक अब भी बैठी थीं और काफ़ी प्रभावित-सी लग रही थीं। कल ही तो वह उसके और उसके पति के रहन-सहन के बारे में बता रही थीं। दो वर्ष हुए उन्होंने शहर के सबसे फ़ैशनेबल भाग में घर ख़रीदा है। कम ही प्रोफ़ेसर इतना कुछ अफ़ोर्ड कर पाते हैं। पर ये साधारण प्रोफ़ेसर नहीं, यदि कुछ वर्षों में इन्हें नोबेल प्राइज़ भी मिले तो किसी को आश्चर्य न होगा। पत्नी का वह बेहद ख़याल रखते हैं, उसे स्वतन्त्रता भी खूब दे रखी है। विवाह के बाद एक सन्तान हुई थी, जिसकी शायद मृत्यु हो गई थी, तब ये दोनों यहाँ नहीं थे, उसके बारे में कभी कोई ज़िक्र नहीं करता।

मिसेज़ नायक से पीछा छुड़ा मैं अन्दर बाग़ची के कमरे में गया। मेरी सभी चीज़ें उसकी चारपाई पर क़रीने से रखी हुई थीं। तौलिए, रात के कपड़े, मैले गिलाफ़ वाला तकिया, रोएँ उधड़ा हुआ कम्बल...।

यही मेरे जीवन का यथार्थ था जो उसके आगे अनायास खुल गया था।

मेरे मन में कुछ चुभने-सा लगा था। मेरी मजबूरियाँ यहाँ भी पीछा कर रही थीं।

छात्रवृत्ति का आधा भाग घर भेज देता था, वहाँ माँ थी, गाँव में घर, विवाह- योग्य बहन, कॉलेज में पढ़ता भाई।

फिर अपने पर क्रोध हो आया। कमरा तो साफ़ रख सकता था, रात के कपड़े और गिलाफ़, तौलिए नियमित रूप से धोए जाएँ तो कम से कम साफ़ तो दिखेंगे।

सुबह से ही मैंने खूब सफ़ाई की। मकान-मालकिन से वैक्यूअम क्लीनर माँगकर फ़र्श साफ़ किया; एक-एक किताब उठाकर धूल पोंछी और पाँच बजे से ही कपड़े पहनकर तैयार हो गया।

इस अनजान प्रदेश में कोई भी निकट का नहीं। मित्र नहीं, कहीं आना-जाना भी नहीं होता, कभी-कभी खड़ा होकर पोस्टर पढ़ लेता हूँ...ओपेरा है, नृत्य, संगीत, फ़िल्में, भाषण, जीवन की कोलाहल-भरी नदी चारों ओर बह रही है, उसके बीचोबीच खड़ा होकर मैं तपस्वी-सा एकाग्र, अपने को तटस्थ रख रहा हूँ। जैसे भी होगा, ढाई साल में डॉक्टरेट लेकर लौटना ही है, क्योंकि घर है, माँ है, विवाह-योग्य बहन है और मन पर एक चेहरे की धूमिल छाप भी है। उसका नाम शशिबाला है। पढ़ रही है, साथ में मेरे लौटने की प्रतीक्षा भी कर रही है। अभी सम्बन्ध में केवल इतना ही है। मध्यवित्त पिता की पुत्री, मेरी माँ को पुत्रवधू के रूप में ग्राह्य है।

शशिबाला के बारे में सोचना चाहता हूँ। कुछ समय पहले एक सम्बन्धी की बरात में गया था, वहीं उसे देखा था। जो बीच में पड़े थे उन्होंने कहा, देख लो लड़की, वधू के पास जो नीली साड़ी पहने बैठी है, वही है। शायद उसे भी जता दिया गया होगा; मुझसे दृष्टि मिलने पर वह लजाकर थोड़ा-सा मुड़ गई थी। साधारण रूप-रंग, दो चोटियाँ, नीली प्रिंट की साड़ी! उसका लजाना अच्छा लगा। शशिबाला, तुमसे इतना ही परिचय है। तुम ध्यानरत होकर अध्ययन कर रही हो, मैं अपना कमरा साफ़ कर रहा हूँ, क्योंकि वह लेने आएगी।

पर वह अन्दर नहीं आई। छह बजने के काफ़ी देर बाद उसकी गाड़ी सड़क पर दिखी, बाहर ही से हॉर्न बजाकर उसने बुलाया। मैं जिस तेज़ी से बाहर झपटा, उससे शायद बाग़ची को आश्चर्य हुआ हो। उतनी नीची गाड़ी के अन्दर घुसने में थोड़ी-सी दिक़्क़त हुई। मेरे कुंडली-सी मारकर बैठने पर वह थोड़ा-सा हँसी। गाड़ी चलने पर साड़ी से पैर खुल गए, देखता हूँ, वह नंगे पैरों है। अपना आश्चर्य छुपा लेता हूँ। वह हल्के-से बादामी रंग की साड़ी पहने है। चेहरे में कोई अन्तर नहीं, कन्धों तक बाल, प्रसाधनहीन मुख। सड़क पहियों के नीचे फिसलती जाती है, पहले कैम्पस पीछे छूटता है, फिर शहर।

"अच्छी तरह हो?" वह पूछती है। स्वर में ढेर-सा बड़प्पन आ गया है।

"हाँ।" मैं कहता हूँ, "और आप?"

"मुझे 'तुम' क्यों नहीं कहते? मैं तो तुम्हें 'आप नहीं कहती। मैं बहुत बड़ी हूँ, इसलिए क्या?" कहकर वह अपनी बात पर स्वयं हँसती है। वह देखने से बीस-इक्कीस

की लगती है, इससे अधिक तो बिलकुल भी नहीं। वह आयुहीन है, पचास वर्ष की होने पर भी ऐसी ही लगेगी, हल्की-फुल्की, चपल, युवा।

''सब कोई मुझे टीटी कहते हैं। तन्त्री त्रिपाठी नाम का संक्षिप्त रूप। साहित्य में रुचि माँ की देन है।''

घर आ गया है, अँधेरा हो जाने के कारण साफ़ नहीं दिखता। टीटी उतरकर खड़ी है, मेरी प्रतीक्षा में। मुझे उतरने में देर लगती है। टीटी के नंगे पैरों पर पत्थरों का स्पर्श मुझे पीड़ा-सी दे रहा है।

दरवाज़ा खुलता है; लम्बे गौरवर्ण का यह पुरुष उसके पति होंगे। वह परिचय कराती है।

वह मेरा कोट ले लेते हैं, और जब तक वह उसे टाँगते हैं, मैं अनिश्चित-सा गलियारे में खड़ा रहता हूँ।

वह दाहिनी ओर से एक दरवाज़े में लुप्त हो गई है। प्रोफ़ेसर मुझे बैठक में ले आते हैं। सोफ़े पर आदर से बैठाकर स्वयं पास बैठते हैं, और मृदु स्वर में मेरा हाल-चाल पूछते हैं।

मिसेज़ नायक मुझे उनके बारे में भी बता चुकी हैं। वह दक्षिण प्रदेश के हैं, प्रख्यात वैज्ञानिक, जब भी भारत जाना चाहते हैं, यहाँ उन्हें अधिक सुविधाओं की व्यवस्था कर रोक लिया जाता है। फिर टीटी भारत नहीं लौटना चाहती। प्रोफ़ेसर कृष्णमूर्ति ने धीरे-धीरे मुझसे मेरी पढ़ाई-लिखाई, घर-बार, छात्रवृत्ति आदि के बारे में पूछा।

''आप परिवार को साथ नहीं लाए?'' वह पूछते हैं। उनका मुख वैसा ही शान्त और निरुद्विग्न है।

''लाना चाहता था पर आर्थिक समस्याओं के कारण सम्भव नहीं हुआ।'' मैं उत्तर देता हूँ। झूठ नहीं है। सम्भव होता तो शशिबाला को साथ लाता, विवाह करने के बाद। कम से कम घर का काम-धन्धा तो न करना पड़ता।

कुछ देर में टीटी कमरे में आती है। पति को सम्बोधित कर कहती है, ''हमें कुछ पीने-वीने को नहीं देंगे क्या?''

प्रोफ़ेसर तुरन्त उठ खड़े होते हैं, द्वार की ओर बढ़ते हुए पूछते हैं, ''क्या लेंगे आप?'' मैं टीटी की ओर देखता हूँ, प्रश्न-सूचक दृष्टि से।

''शेरी दीजिए इसे। प्रारम्भ हो।''

शराब का नाम सुनकर मैं तुरन्त कहता हूँ, ''नहीं, मैं शराब नहीं पीता। कुछ और ले लूँगा, फ्रूटजूस।''

प्रोफ़ेसर बहुत थोड़ा-सा मुस्कराते हैं, उनके होंठ खिंचकर रह जाते हैं, पर टीटी एक ओर झुकती हुई हँस रही है : ''इस घर में तुम्हें फ्रूटजूस नहीं मिलेगा। जो दिया जाएगा, पीना पड़ेगा।''

अब वह नन्ही-सी बच्ची लगती है, मुझे चिढ़ाते हुए उस दुष्टता-भरी मुद्रा में।

प्रोफ़ेसर लाकर गिलास मुझे देते हैं। पेय का स्वाद बुरा नहीं है।

कमरे में हम तीनों अब मौन हैं। प्रोफ़ेसर जैसे उस मौन में अन्तर्मुखी हो डूब गए हैं, टीटी दूसरे सोफ़े की पीठ से गाल सटाए हुए अधलेटी-सी है, एक बाँह फैलाए हुए। उँगली में एक हीरे की अँगूठी है।

मैं सीधा-सतर बैठा हूँ, कोई आरामदेह पोज़ीशन नहीं है, पर मैं डरता हूँ कि इस अनजान पेय से कहीं नशा न आ जाए; इसलिए धीरे-धीरे चखता हूँ।

क्या कोई नहीं बोलेगा? देख रहा हूँ कि टीटी ने अपना गिलास छुआ तक नहीं। प्रोफ़ेसर वैसे ही बैठे हैं, दीवार की ओर ताकते हुए। कमरे में कहीं कोई शब्द नहीं। जैसे मैं किसी निर्जन वन में भटक आया हूँ। मुझे भूख लग रही है। सहसा वह उठकर बैठ जाती है और वेग से कमरे के बाहर चली जाती है।

कमरे में यदि वह गिलास न होता तो यह न लगता कि वहाँ कभी टीटी थी भी। कमरे के कोने में जो पोल-लैम्प है, उसके तीनों बल्ब जल रहे हैं। तीनों के 'शेड' भिन्न रंग के हैं, यह पहली बार ही मेरी दृष्टि में पड़ता है। आमने-सामने दो सोफ़े हैं, दो-तीन तरह की कुर्सियाँ; किसी सुन्दर पेड़ की आपस में गुँथी हुई शाखाओं को काटकर मेज़-सी बनाई गई है, जिसके ऊपर पारदर्शी काँच है, जिससे वह गुँथी हुई शाखाएँ स्पष्ट दिखाई देती हैं। मैं सोच उठता हूँ कि ऐसी विचित्र शाखाएँ पहले कभी नहीं देखीं। पारदर्शी काँच पर छोटा-सा, रूमाल के जितना नैपकिन रखा है; और एक गिलास, जिसे बिना होंठों से लगाए टीटी उठ गई है।

मेरे शरीर में अचानक ही ढेर-सी थकान भर उठती है। मैं भोजन कर शीघ्र लौट जाने को आकुल हो उठता हूँ।

प्रोफ़ेसर जैसे ऊँघ गए हों। बाहर शायद तेज़ हवा चलनी प्रारम्भ हो गई होगी। कमरे के गहरे, गाढ़े मौन के बाहर सीत्कार करती हुई पेड़ों की शाखाएँ हैं; वह स्वर जैसे दूर तक फैलता जा रहा है।

मुझे लगने लगा कि मैं एक अतीन्द्रिय, मायावी जगत् का एक पात्र हूँ। कमरा, उसका फ़र्नीचर, यहाँ तक कि अपना गिलास हाथ में पकड़े बैठे प्रोफ़ेसर, सभी मुझे बड़े दूर, धुँधले और अयथार्थ-से लगने लगे। केवल तेज़ हवा का स्वर यथार्थ था और हर नया झोंका जो शाखाओं को झकझोरता हुआ दूर तक चला जा रहा था, उसकी आवाज़ निरन्तर मेरे कानों में तेज़ होती जा रही थी। तभी टीटी दरवाज़े पर आकर खड़ी हो गई और बोली, "भोजन मेज़ पर लग गया है!"

प्रोफ़ेसर जिस सहजता से उठकर खड़े हो गए, उससे मुझे लगा कि वह शायद पूरे समय सजग रहे होंगे।

मेरे गिलास मेज़ पर रखने की खट शायद सभी को इतनी तेज़ लगी होगी...टीटी की आँखें एक बहुत छोटे पल को मुझ पर रुकीं, फिर वह आगे-आगे चली, मुझे राह-सी दिखाती हुई।

भोजन करते हुए, कुछ बात करना अपेक्षित है, इसलिए मैंने उस मेज़ के बारे में पूछ लिया। टीटी खिलखिलाकर हँस पड़ी, देर तक हँसती रही। मैं कुछ झेंप-सा आया और मुझे लगा कि मुझसे अनजाने में ही कुछ अशोभनीय बात हो गई है। उधर टीटी थी कि हँसते-हँसते मेज़ पर औंधी-सी हो आई थी। सहसा उसकी हँसी बहुत अस्वाभाविक-सी लगने लगी और मैं जान न सका कि वास्तव में वह हँस रही है या वह हँसी एक प्रकार की दुख-भरी, हिचकियोंवाले रुदन में बदल गई है।

प्रोफ़ेसर कुर्सी पीछे खिसकाकर उठ खड़े हुए और टीटी के कन्धों पर भार देकर उठाते हुए उन्होंने उसे पुकारा।

मैं उस समय टीटी का मुख देखकर स्तब्ध हो आया। वह एकदम चुप हो आई थी, पलकें आँखों पर झुक आई थीं और होंठों पर कुछ ऐसी असह्य यातना का-सा भाव था जैसे किसी ने उसकी पीठ में छुरा भोंक दिया हो।

प्रोफ़ेसर ने उसे उठाकर खड़ा कर दिया और फिर उसे दाहिने हाथ से सहारा देकर द्वार की ओर बढ़ते हुए उन्होंने मुझसे कहा, "हमें कुछ देर के लिए क्षमा कीजिएगा।"

मैं पत्थर-सा हो आया, उनके कन्धे पर झूलते टीटी के मुख को एकटक ताकता हुआ। अब उसका मुख नहीं दीखता, बालों ने आगे गिरकर उसे ढँक लिया है। कमरे में मैं अकेला हूँ। तीनों प्लेटों में अभी भी भोजन है, मेरी भूख एकाएक मिट गई है।

कुछ देर में प्रोफ़ेसर लौट आए हैं। अपनी जगह बैठकर वह मुझसे कहते हैं, "थके होने पर वह कभी-कभी इसी प्रकार उत्तेजित हो जाती है। आप चिन्तित न हों। खाइए, आप रुक क्यों गए?"

"पर आपकी पत्नी?" मैं पूछता हूँ।

"उसे मैंने सोने की दवा दे दी है।"

भोजन के बाद प्रोफ़ेसर ने मेरे वापस लौटने के लिए टैक्सी बुला दी। उन्हें अत्यन्त धन्यवाद देकर मैं जब लौटने लगा तब भी मेरे ऊपर गहन अवसाद जमा हुआ था जो कि प्रोफ़ेसर के घर से लम्बी ड्राइव के बाद भी कम न हुआ।

रविवार की शाम। सुबह जल्दी ही उठकर घर से निकल गया था। जैसे अपने कमरे में अब रहा न जा सकेगा। सारा दिन लाइब्रेरी में बिताकर, सन्ध्या को थका हुआ लौट रहा हूँ। मन में ढेर-सा सन्तोष है, काफ़ी काम कर लेने का। साथ ही एक अव्यक्त-सी उदासी भी, जो सप्ताहान्तों को अक्सर मन पर छा जाती है। तब शशिबाला की याद करने का प्रयत्न करता हूँ, पर चेहरा जैसे मानस-पटल से एकदम पुँछ गया है, शेष है नीली साड़ी की धुँधली-सी याद।

ज़ेब से चाभी निकालकर दरवाज़ा खोलता हूँ। गलियारे में आते हुए ही घी में भुनी हुई अदरक की सुगन्ध नाक में भर जाती है। मैं अपने कमरे का दरवाज़ा ठेलकर खोलता हूँ और वहीं ठिठककर खड़ा रह जाता हूँ।

सोफ़े पर टीटी लेटी है, आहट सुनकर उसने शायद ग्रीवा मोड़कर दरवाज़े की तरफ़ देखा है, मुझे वहाँ पाकर भी वह हड़बड़ाकर उठी नहीं है। सहज भाव से लेटे-लेटे कहती है, ''भास्कर, आ गए तुम?'' मैं झुककर ब्रीफ़केस नीचे रख देता हूँ। दाहिनी बाँह मोड़कर उसने सिर के नीचे रख ली है, बाईं बाँह नीचे झूल रही है, साड़ी हल्के-से बादामी रंग की है, जिसकी सिल्क टेबिल लैम्प के प्रकाश में झिलमिला रही है।

मैं खड़ा हूँ, एकाएक अपने ही घर में अजनबी-सा महसूस करता हुआ।

''आप...तुम कब आईं?''

''दोपहर को आ गई थी,'' अब वह उठकर बैठती है। बाल आज पीछे इकट्ठा कर बाँध लिए गए हैं। पहली बार उसका चिकना, उघड़ा हुआ माथा देख रहा हूँ। ''तुम थे नहीं। सारा घर ख़ाली पड़ा था। मैं किताब पढ़ने लगी, उसी में मन रम गया।'' उसने मेरे आगे किताब झुलाई।

''कुछ चाय वग़ैरह पिएँगी?''

''नहीं, अब जाऊँगी। प्रोफ़ेसर आनेवाले होंगे।''

वह उठकर खड़ी होती है, और हाथों से साड़ी की सलवटें ठीक करती है। फिर किताब मेज़ पर डाल देती है, और पर्स उठाकर चलने को तैयार दिखती है।

मैं उससे रुकने को नहीं कह पाता। हमारी रसोई बहुत छोटी है, गन्दी भी। ज़मीन का फ़र्श उधड़ चुका है, कई तकाज़ों पर भी मकान-मालिक ने कुछ नहीं किया। बर्तन कालिख पुते हैं, प्लेटें...एक भी मैच नहीं करती।

वह चलते-चलते रुक जाती है, ''क्या कल तुम बहुत घबरा गए थे?''

''नहीं तो।'' मैं उत्तर देता हूँ। ''ग़लती शायद मेरी ही थी।'' मैं कहकर प्रतिक्रिया के लिए उसकी ओर देखता रहता हूँ। मैं जानता हूँ कि उस बेतुकी मेज़ के बारे में अब भी मेरी जिज्ञासा शान्त नहीं हुई है।

उसका स्पर्श मेरे हाथों पर पक्षी के पंखों की भाँति हल्का व उड़ता हुआ है। ''ग़लती, भास्कर, किसी की नहीं है।'' उसका मुख अन्धकार में है; और फिर वह चली गई है।

मैं पुस्तक उठाकर देखता हूँ, भाषाविज्ञान की एक रसहीन व्याख्या है, उसे अलमारी में रखते हुए मैं पाता हूँ कि सन्ध्या की वह उदासी किसी और ही अव्यक्त, गहन भावना में बदल गई है।

मैं बैठकर बाग़ची की प्रतीक्षा करता हूँ। रविवार के दिन भोजन बनाने की बारी उसकी है।

''आज क्या वह फिर आई थी?'' बाग़ची अन्दर घुसते ही पूछता है।

''कौन?''

''वह प्रसिद्ध गणितज्ञ की प्रसिद्ध पत्नी।'' बाग़ची की टोन मुझे खटकती है; पर चुप रहता हूँ।

"शी इज़ ईविल, भास्कर," बाग़ची खूँटी पर कोट टाँग रहा है। "मुझे उसे देखकर ऐसी झुरझुरी हो आती है जैसे कि क़ब्रिस्तान में अकेले गुज़रते वक़्त लगता है। उससे दूर रहना ही अच्छा।"

"आप मेरे निजी मामलों में दखल क्यों देते हैं?" मैं कहता हूँ।

बाग़ची एक ठहाका लगाता है। "समय तुम्हें स्वयं सबक सिखा देगा।" कहता हुआ वह रसोई में चला जाता है।

कुछ देर बाद नायक एक प्याला शक्कर माँगने आता है। "तुम्हारी गुरुपत्नी आजकल हमारे साथी पर बहुत दयालु हैं।" बाग़ची कहता है। मैं कमरे में बैठा सुन रहा हूँ। मुझे बाग़ची से चिढ़-सी हो रही है। अपना उपहास सहन नहीं होता।

"अभी नए हैं न! आसमान में उड़ रहे हैं। धीरे-धीरे पता चलेगा।"

नायक कुछ परेशान-सा हो आया है। बाग़ची जान-बूझकर उसे शक्कर देने में देरी कर रहा है।

"भास्कर को उनके बारे में कुछ तो बताओ, नायक।"

उसकी बात अनसुनी-सी कर नायक कहता है, "शक्कर देना हो तो दो। बेकार की बात में क्यों पड़ते हो?"

बाग़ची फिर हँसता है। नायक के जाने पर मैं यथासाध्य कड़े स्वर में बाग़ची को जता देता हूँ कि मैं उसके बारे में कुछ भी नहीं सुनना चाहता।

अगली सुबह बाग़ची ने मुझे घर ख़ाली कर देने को कहा। फ़्लैट उसी के नाम था। मुझे न जाने क्यों चैन ही-सा मिला, और मैं सोत्साह नया कमरा ढूँढ़ने में जुट गया। सूचना नायक को भी मिली होगी, वह यह जानकर हड़बड़ाता हुआ बाग़ची को ढूँढ़ने निकल गया। दूसरे दिन सुबह बाग़ची ने कहा कि उसने इरादा बदल दिया है और मैं पूर्ववत् रह सकता हूँ। वह टीटी के प्रति कहे गए शब्दों के बारे में क्षमा चाहता है।

"पर क्या वे बातें सच थीं?" मैं अपने मांस में आत्मपीड़ा की सुइयाँ-सी चुभोता हुआ पूछता हूँ।

"मुझे क्या मालूम?" बाग़ची असहाय भाव से कन्धों को झटका दे बाहर चला जाता है।

मिसेज़ नायक से पूरी बात पता चलती है। विवाह के बाद से टीटी बीमार ही रहती है। बीमारी का किसी को पता नहीं; डिप्रेशन जब आते हैं तो वह हफ़्तों घर से बाहर नहीं निकलती, बोलती-चालती नहीं। कितने अरसे बाद उन्होंने टीटी की मुझसे मैत्री होते देखी है। भारत में जाकर नायक का अच्छी नौकरी पाना प्रोफ़ेसर कृष्णमूर्ति पर बड़ा निर्भर है, और बाग़ची अभी भी नायक का ऋणी है। यदि प्रोफ़ेसर को पता चलता कि मुझे टीटी के कारण घर छोड़ना पड़ा है तो वह नायक पर क्रोधित नहीं होते क्या?

अपने किस स्वार्थ से मिसेज़ नायक मुझे यह बता रही हैं, इसे समझने में मुझे देर न लगी।

थिएटर हॉल में पास बैठी टीटी के चेहरे की सिलवट देखता हूँ। वह मेरे और प्रोफ़ेसर के बीच में बैठी है, थोड़ा-सा आगे को झुकी हुई, दत्तचित्त, एकाग्र। हम लोग नाटक देखने साथ आए हैं। मेरा ध्यान बार-बार भटक जाता है। उन दोनों को घर न आना पड़े इसलिए मैं थिएटर में मिलने को तैयार हो गया था। जब मैं पहुँचा तो वे दोनों लॉबी में खड़े हुए थे, टीटी प्रोफ़ेसर से लम्बाई में इतनी छोटी है, यह बात उसी समय मेरे ध्यान में आई। उसका चेहरा कुछ भिन्न लग रहा था, शायद दूसरी तरह से बाँधे गए बालों के कारण; आँखें शान्त, और होंठ एक बहुत सूक्ष्म-सी मुस्कान लिए हुए। ऐसी दूरी और ठंडेपन से उसने मेरे अभिवादन का उत्तर दिया जैसे कि मुझे जानती ही न हो। वह एकदम सफ़ेद सिल्क की साड़ी पहने थी, पूरी साड़ी पर चाँदी की छोटी-छोटी बूटियाँ कढ़ी हुई थीं, और जब वह मुड़ी तो मैंने एक हल्के-से झटके से पाया कि उसके ब्लाउज़ का गला पीछे से इतना खुला था कि उसके दाहिने कन्धे की उभरी हड्डी तक अनावृत थी!

नाटक के दौरान प्रोफ़ेसर का बायाँ हाथ अकसर उसकी पीठ को छूने लगता और वह हर बार उसी तरह बैठी-बैठी उनके हाथ को हटा देती।

नाटक समाप्त होने पर हम तीनों थिएटर हॉल में खड़े थे। टीटी ने प्रोग्राम से मुँह पर हवा करते हुए कहा, ''मेरा गला प्यास से सूख रहा है। कहीं बैठकर कुछ पेय लेने को समय होगा आपके पास?'' उसका प्रश्न पति से था।

प्रोफ़ेसर ने मेरी ओर देखा! फिर कहा, ''क्यों न हम सीधे घर चलें! आस-पास रेस्तराँ तो सब ठसाठस भरे होंगे।''

''घर? पर मैं सारे दिन तो घर में ही थी। मैं घर नहीं जाना चाहती।''

प्रोफ़ेसर बिना कुछ कहे उसकी ओर देखते रहे। मैं वहाँ अत्यन्त आश्वस्ति-सी अनुभव करता खड़ा था। मौन के उस अन्तराल का लाभ उठाते हुए मैंने कहा, ''मैं अब विदा लेना चाहता हूँ।''

''ऐसी जल्दी क्या है?'' टीटी ने कहा। पूरी सन्ध्या के बाद उसने पहली बात मुझे सम्बोधित कर कही थी, ''बताइए, क्या तय किया आपने?''

''मैं तो अब भी कहता हूँ कि घर चलो। मुझे अपना कुछ काम भी समाप्त करना है।''

''अगर आप घर ही जाना चाहते हैं तो हम आपको घर उतार देंगे, और फिर मैं इसे लेकर चली जाऊँगी।''

प्रोफ़ेसर की आँखों में जो भाव आ गया था, उसे मैं झेल न सका।

''मुझे तो अब जाना है। कल के लिए बहुत पढ़ाई इकट्ठा हो गई है।'' मैंने कहा।

टीटी ने मुझे सीधी, अनझिप आँखों से ताका।

"जैसी तुम्हारी इच्छा।" वह बोली। मैं उसके सामने अपने को अत्यन्त अक्षम, बौना-सा अनुभव कर उठा, जैसे कि मैं वादे से पीछे हट गया होऊँ।

"चलो, तुम्हें घर छोड़ते जाएँगे।" प्रोफ़ेसर ने कहा।

उनकी कार देखकर मुझे आश्चर्य हुआ। बड़ी-सी पुरानी शेवरले थी। आगे तीनों बैठ सकते थे। टीटी अचानक ही अनमनी हो आई है, इसे मैं स्पष्ट देख रहा था। अपने घर के आगे उतरकर मैंने जब उन दोनों को एक सुखद सन्ध्या के लिए धन्यवाद दिया तो उत्तर में प्रोफ़ेसर मुस्कराए, पर वह उसी तरह मुँह फुलाए रुष्ट बैठी रही।

काफ़ी दिनों तक उसे नहीं देखा। गर्मी के लम्बे-लम्बे दिन बीत गए और चारों ओर पतझर छा गया, सारे दिन हवा चलती और सड़कों पर पत्ते लोटते फिरते। पूरे वातावरण में एक ऐसा भाव था कि हरेक धूप-भरा दिन जो गया सो गया, इसी कारण तेज़ हवा के बावजूद झील में सफ़ेद पालवाली नावें तिरती रहतीं, शनिवार को विद्यार्थी-यूनियन का बड़ा प्रांगण खचाखच भर जाता, अपराह्न को संगीत-विभाग के छात्र जॉज़ सेशन प्रस्तुत करते, और श्रोता रंगीन मेज़ों पर कोहनियाँ टिकाए मिलवॉकी की मशहूर बीयर पीते, और उस संगीत, हँसी, कोलाहल, युवा अंगों की रगड़ के बीच पत्तियाँ लगातार झरती रहतीं।

मैं प्रायः एक कोने में बैठा हुआ सबकुछ देखता रहा। जिस शनिवार को मेरी टीटी से भेंट हुई, मैं बाग़ची के साथ बैठा था। वह बीयर पी रहा था, और मेरी चाय का प्याला न जाने कब का समाप्त हो गया था। हमारी मेज़ शोर-गुल से काफ़ी दूर, अलग-सी थी।

"भास्कर।" मेरे कन्धे को धीरे से उसके हाथ ने छुआ। मैंने मुड़कर उसे देखा। फिर बाग़ची को। दोनों का परिचय कराया।

बाग़ची के निमन्त्रण पर वह कुर्सी खींचकर बैठ गई। बाग़ची के पूछने पर कि वह क्या पिएगी, उसने उत्तर दिया, "कुछ भी।"

हमें अकेला छोड़कर वह चला गया। औरों की तरह टीटी ने मेज़ पर कोहनियाँ टिका लीं। उसके बाल आगे को गिरकर गालों पर छा गए थे।

"कुछ उदास-से दिखते हो भास्कर?" उसके स्वर में बड़ी आत्मीयता थी।

"नहीं तो।" मैंने अचकचाकर कहा।

"यह पतझर का मौसम है ही ऐसा।" उसने धीरे से कहा। हम दोनों ने एक-दूसरे को कुछ पल देखा, फिर मैं आँखें बचाकर झील की ओर देखने लगा।

बाग़ची एक ट्रे में चाय के तीन प्याले ले आया। फीकी, बेस्वाद, गुनगुनी चाय। बाग़ची का व्यवहार देखकर मुझे आश्चर्य हुआ, शिष्टता की मूर्ति बन गया था वह।

उजली धूप सहसा ही लोप हो गई। संगीत समाप्त होने पर अधिकांश लोग चले गए, और तभी कभी बाग़ची भी।

हम दोनों अभी भी बैठे हैं, बिना कुछ बोले। अब वह झील की ओर देख रही है, उसका चेहरा भावशून्य है, और आँखों में एक दूरी।

"झील के उस पार क्या है?" उसके चौंक आने पर मुझे लगता है कि मेरे मुख से हमेशा ही बेतुके प्रश्न निकलते हैं।

"झील के पार? हवाई अड्डा, मेडिकल कॉलेज, और बच्चों का एक अस्पताल।"

"मैं कभी उस पार नहीं गया हूँ।"

"एक दिन तुम्हें ले चलूँगी।"

फिर वह काँपती है, जैसे ठंडी हो आई हो। "सुनो भास्कर, तुम दो दिन के लिए शिकागो चलोगे? प्रोफ़ेसर एक कांफ्रेंस में जा रहे हैं।"

"मुझे समय..."

"पर, कल तो रविवार है। सिर्फ़ सोमवार को क्लास मिस होगी।" फिर वह थोड़ा-सा हँस देती है। "मुझे प्रोफ़ेसर के पेपर में कोई रुचि नहीं है। तुम चलोगे तो तुम्हें शहर घुमाने में दो दिन बीत जाएँगे।"

मैं उत्तर नहीं देता। अशिष्ट नहीं होना चाहता, पर साथ ही बाग़ची की बातें मन में सालने लगी हैं।

रात को प्रोफ़ेसर का फ़ोन आता है : "तन्त्री ने कहा कि तुम शिकागो जाना चाहते हो। हम लोग छह बजे सुबह रवाना होंगे। तब तक तैयार हो सकोगे?"

अगली सुबह छह बजने से पहले ही मैं पूरी तरह तैयार हूँ।

शिकागो!

उसे 'पामर हाउस' में उतारकर प्रोफ़ेसर मुझे वाई.एम.सी.ए. ले जाते हैं। सोलहवीं मंज़िल पर कमरा मिलता है। उन्हें धन्यवाद देकर मैं लिफ्ट लेकर ऊपर जाता हूँ। कमरा अच्छा है, साफ़-सुथरा! अपना बैग मेज़ पर रखकर मैं खिड़की से बाहर देखता हूँ, ठीक सामने कोका-कोला का बड़ा-सा बोर्ड है, उसके नीचे घड़ी समय बता रही है। सारे दिन मैं अकेला ही इधर-उधर भटकता रहता हूँ। न जाने क्यों उसके सामने नहीं पड़ना चाहता। कोलाहल-भरी महानगरी में मुझे अपने नितान्त अकेलेपन का बोध है। काफ़ी देर म्यूज़ियम में बिताता हूँ, भूख लगने पर एक सैंडविच खा लेता हूँ। कभी-कभी मन में जिज्ञासा उठती है कि क्या वह मुझे लेकर परेशान हो रही होगी। वह मेरे साथ-साथ घूमना चाहती थी। सन्ध्या को जब लौटता हूँ तो न चाहते हुए भी एक बार पूछ लेता हूँ कि मेरे लिए कोई सन्देश तो नहीं। यह जानकर कि कोई सन्देश नहीं, मन एक नाम-हीन उदासी से बोझिल हो उठता है। सन्ध्या वाई. एम.सी.ए. के थिएटर में डैनीके की एक पुरानी फ़िल्म देखकर बिताता हूँ। और,

सोचता हूँ कि अगले वर्ष यदि छात्रवृत्ति में वृद्धि हो गई तो शशिबाला को बुला लूँगा।

अगली सुबह टेलीफ़ोन की घंटी से नींद टूटती है। उसे दो-तीन बार बजने देता हूँ, फिर उठाकर बड़े इत्मीनान से उत्तर देता हूँ।

टीटी ही है। पिछले दिन गुम रहने के बारे में कोई बात वह नहीं कहती, दस बजे 'पामर हाउस' के लाउंज में मिलने को कहती है। उसका स्वर यह जता देता है कि यह प्रार्थना नहीं, आज्ञा है।

मैं दस बजे 'पामर हाउस' के लाउंज में हूँ।

थोड़ी-सी आश्वस्ति 'अनुभव' करता-सा, भूरे रंग के अपने ढीले ऊनी सूट में, यह जानता हुआ कि भारत में सिलाया हुआ यह सूट यहाँ की सुसंस्कृत भीड़ में कैसा असंगत लग रहा है।

पहले प्रोफ़ेसर दिखाई देते हैं, बाद में वह। पास आने पर देखता हूँ कि वह और दिनों की अपेक्षा अधिक बनी-सँवरी लग रही है। उसने ग्रे रंग की साड़ी पहन रखी है, ऊपर कोट, कोट में फर कॉलर है।

प्रोफ़ेसर अभिवादन का उत्तर हँसकर देते हैं।

''कहाँ-कहाँ का प्रोग्राम है?'' वह पूछते हैं। मेरे कुछ कहने से पहले ही वह बोल पड़ती है : ''पहले हम 'म्यूज़ियम ऑफ़ मॉडर्न आर्ट' जाएँगे, फिर थोड़ी-सी शॉपिंग करनी है।''

''अच्छा, अच्छा।'' कहकर वह टीटी की पीठ थपथपा देते हैं। जाते-जाते मुड़कर देखता हूँ तो पाता हूँ कि प्रोफ़ेसर उसी जगह खड़े हम दोनों को ताक रहे हैं! मैं आधुनिक चित्रकला के बारे में कुछ भी नहीं जानता; चुपचाप कैटलॉग हाथ में लिए उसके पीछे-पीछे एक कमरे से दूसरे कमरे में घूमता हूँ। टीटी प्रसन्न है, उसकी आँखें चमक रही हैं, यह स्पष्ट देख रहा हूँ।

''तुम ऊब गए होगे।'' वह लंच की मेज़ पर कहती है।

''नहीं। सबकुछ मेरे लिए बहुत शिक्षाप्रद है।'' मैं कहता हूँ।

इस समय भी मैं टमाटर और पनीर का सैंडविच खा रहा हूँ, और देख रहा हूँ कि कभी-कभी बाल हिलने से टीटी के कानों के कर्णफूल झलक जाते हैं।

''क्या यह सिल्क है?'' मैं पूछता हूँ।

उसके हाथ साड़ी की सलवटें ठीक करते हुए ठहर जाते हैं। साड़ी में एक भी सलवट नहीं है, पर जब उसके हाथ चंचल हो उठते हैं तो अदृश्य सलवटें मिटाने लगते हैं।

''हाँ, रॉ सिल्क। तुम्हें मालूम नहीं क्या?''

''नहीं। स्त्रियों और उनके बारे में कम ही जानता हूँ।''

''सचमुच?'' वह मुझ पर हँस रही है, मैं यह समझ रहा हूँ।

''मुझ पर हँस रही हो?''

''नहीं, नहीं। क्या तुम बुरा मान गए?''

लंच की मेज़ पर एक फूलदान है, जिसमें एक लम्बी-सी टहनी में लाल गुलाब है। फूल लगता असली है, पर उसमें गन्ध नहीं। वह प्लास्टिक का है।

''तुम्हें उस रात की याद है, जब तुमने मेज़ के बारे में पूछा था। वह पेड़ की शाखाएँ नहीं हैं। मैंने आधुनिक शिल्प नाम का कोर्स लिया था, उसमें मैंने वह बनाया था, वह काष्ठ का है, अपनी इस कलाकृति को मैंने नाम दिया था...'मातृत्व।'

मैं टीटी की आँखें बचा रहा हूँ, उसकी ओर देखना नहीं चाहता, वह आगे झुक आई है, और उसके दर्प-भरे चेहरे पर ऐसा भाव मैंने कम ही देखा है, जैसे मैं चोट खाया बालक हूँ जिसे वह लौलीपौप देकर बहलाना चाहती है।

''भास्कर, मेरे बारे में लोगों ने तुमसे काफ़ी-कुछ कहा होगा।?''

''नहीं,'' मैं सिर हिलाते हुए कहता हूँ।

''कुछ नहीं? मेरे और प्रोफ़ेसर के बारे में, औरों के बारे में...?''

''नहीं तन्त्री,'' मुझे उसे टीटी कहकर पुकारने में झिझक-सी होती है। ''मुझसे किसी ने कुछ नहीं कहा।''

एक वेट्रेस आकर हमारे कॉफ़ी के प्यालों में ताज़ा कॉफ़ी डाल गई।

''तुम्हारे मुँह से अपना नाम सुनकर न जाने कैसा लगता है!'' उसने प्लास्टिक के गुलाब को फूलदान से निकाल लिया और उँगलियों पर गोल-गोल घुमाने लगी। ''प्रोफ़ेसर मेरे अध्यापक थे।'' उसने कहा, ''पहले वर्ष जब मैं यहाँ आई थी तो प्रोफ़ेसर की ही छात्रा थी। प्रोफ़ेसर ने ही हँसी-हँसी में मेरा नया नामकरण कर दिया था। अब तो यह 'टीटी' मुझसे ऐसा जुड़ गया है कि बहुत-से लोगों को मेरा असली नाम याद ही नहीं रहता।''

''...''

''भास्कर!''

''हूँ।''

''तुम्हें यहाँ कैसा लगता है? मित्र बने हैं? कभी किसी लड़की को 'डेट' करते हो?''

इतने सारे प्रश्नों का इकट्ठा उत्तर नहीं दिया जा सकता। किसका उत्तर पहले दूँ, यह सोच रहा हूँ।

वेट्रेस आकर बिल मुझे दे गई है। मैं ही चुकाता हूँ, टीटी आग्रह नहीं करती।

मिशिगन ऐवेन्यू पर आकर हम पाते हैं कि धूप हल्की पड़ गई है, पर आकाश स्वच्छ है और दूर बाईं ओर जल झिलमिला रहा है। हम दोनों, बिना कुछ कहे उसी ओर चल पड़े हैं।

दूर-दूर तक रेत बिखरी है, बालुकाकण धूप में चमक रहे हैं। टीटी वहाँ बैठना चाहती है, मैं अपना रूमाल निकालूँ इससे पहले ही वह अपना कोट नीचे डालकर

उस पर बैठ जाती है। थोड़ी दूर हटकर कुछ बच्चे खेल रहे हैं और उनकी माताएँ आपस में बातें कर रही हैं। बच्चे दौड़ते हुए बिलकुल पास आ जाते हैं, और फिर, खेल में ही मग्न वापस भाग जाते हैं, लाल रंग की कमीज़ पहने हुए केवल एक बच्चा कौतूहल से टीटी को देखता खड़ा रह जाता है।

वह हाथ बढ़ाकर उसे बुला रही है, पर वह हँसकर अन्य साथियों के पास भाग जाता है, टीटी का हाथ कुछ देर तक वैसे ही फैला रहता है, आह्वान की मुद्रा में। फिर वह लेट जाती है और आकाश की ओर ताकने लगती है। लेटे-लेटे वह न जाने कितनी बातें करती है, ज़्यादातर अपने बचपन की, अपने पिता की, गर्मियों में पहाड़ जाने की स्मृतियाँ, प्रोफ़ेसर के साथ विविध यात्राएँ, और कभी-कभी वह पेट के बल होकर, कुहनियों पर भार देकर बालों को धीरे-धीरे झुलाती हुई बोलती है, कभी दाहिनी करवट लेती है, कभी बाईं, और मैं पास बैठा सबकुछ चुपचाप सुनता हूँ, उसके चेहरे पर दौड़ते विविध भावों को नोट करता हूँ और देखता हूँ उसकी बेचैनी, लेक मिशिगन की वेगवती लहरों की तरह।

फिर वह चुप हो जाती है। देर तक कुछ नहीं कहती। मैं बैठा-बैठा थक गया हूँ; पर वापस चलने को नहीं कहना चाहता, क्योंकि मेरे तन्द्रिल मन पर एक असीम सुख का जाल-सा छाता जा रहा है। वहीं बैठे-बैठे मैंने सूर्यास्त देखा था और फिर पूर्व में चन्द्रोदय। रेत धीरे-धीरे ओस में ठंडी होने लगी थी, और आकाश चमकते तारों से भर उठा था। पीछे मुड़कर देखने पर शिकागो नगर की सारी इमारतें सहस्रों चमकती बत्तियों से दिप उठी थीं।

अचानक ही उसने कहा, ''कब से मूर्ति की तरह बैठे हो, थक नहीं गए होगे?'' शायद हाथ बढ़ाकर मेरी बाँह को अपनी ओर खींचने में उसे अधिक प्रयत्न न करना पड़ा होगा।

अगली सुबह, कांफ्रेंस की समाप्ति पर जब प्रोफ़ेसर मुझे वापस ले चलने के लिए आए, तो मैं बिना किसी झिझक व अपराध भावना के उनके सामने हो सका। अपने उस व्यवहार पर मुझे स्वयं ही आश्चर्य हुआ! वह बीच की सीट पर बैठी रही सुस्थ, संयत। होंठों पर हल्की-सी मुस्कान। प्रोफ़ेसर लौटते समय चुप ही रहे, और टीटी के निकट बैठा हुआ मैं, सामने सड़क पर दृष्टि गड़ाए हुए भी उसकी उपस्थिति से पूरा सजग रहा। मेरी जीभ की नोक पर उसकी त्वचा का खारापन जीवित था, और मुझे लगातार लग रहा था कि उसके बाल मेरे मुख पर छाए हुए हैं। सुगन्धित तेलहीन रेशमी बाल।

मुझे घर के आगे उतारकर, मेरे धन्यवाद को प्रोफ़ेसर ने हँसकर ग्रहण किया। उसने चलते समय एक बार मुझे देखा। लम्बी, भरपूर दृष्टि। वह दोनों चले गए।

दो दिन की निरन्तर वर्षा में पतझर के इन्द्रधनुषी रंग धुल गए हैं। घिरे-घिरे स्याह बादल हटते नहीं, धुँधली-सी पानी की दीवार ने झील के नीलेपन को ढँक लिया है।

सड़क पर चलने से भीगी पत्तियाँ पैरों के नीचे आती हैं, और पेड़ों की नग्न, कुरूप शाखाओं के बीच गुज़रती हुई हवा धीरे-धीरे कराहती है।

कैम्पस के चारों ओर भीड़ कभी कम नहीं होती। रंगीन छाते, रंगीन स्कार्फ, रंगीन स्कर्टें—मैं इन सबके बीच एकदम अकेला हो आया हूँ। समय धीरे-धीरे एक अनजान प्रतीक्षा में रेंगता है।

दो दिनों के बाद एकाएक सोचता हूँ कि इसकी क्या गारंटी है कि वह दुबारा मुझसे मिलना चाहेगी। वह आवेग क्षणिक भी तो हो सकता है। तब अपनी सारी असमर्थताएँ मन में सालने लगती हैं। वर्षा के धुँधलेपन में कमरा और भी 'शैबी' लगता है। मैं सोफ़े पर लेट जाता हूँ, और विविध स्वरों को सुनता रहता हूँ, मेरे संकोचशील, दब्बू मस्तिष्क में अनेक अजीब असम्भव प्लान बनते हैं, और मिट जाते हैं।

अगले दिन वर्षा थम गई है और फीकी-फीकी धूप शहर पर छा गई है। मेरी आज कोई क्लास नहीं है, सारे दिन घर में रहकर पढ़ने का इरादा है। साथ ही, फ़ोन बजने की प्रतीक्षा भी। ग्यारह बजे तक मकान में सन्नाटा हो जाता है। पुरुष काम पर चले जाते हैं, कैप्टेन अहमद की पत्नी और मिसेज़ नायक बच्चों को लेकर बाज़ार। मैंने अलमारी से पुस्तकें निकालकर मेज़ पर रख दी है। बाहर घंटी बजती है। उठकर द्वार खोलने जाते हुए मैं जान लेता हूँ कि वही होगी।

वह घंटी बजाकर कार में जा बैठी है, और ह्वील पर बाँह टिकाए प्रतीक्षा कर रही है। मैं बिना कोई प्रश्न पूछे पास जाकर खड़ा हो जाता हूँ, वह झुककर उस ओर का दरवाज़ा खोल देती है।

उसमें कोई अन्तर नहीं दिखता, उसका मुख शान्त और निरुद्वेग है, बाल कन्धे तक, बाएँ कन्धे पर साड़ी, उसी रंग का स्वेटर।

"प्रोफ़ेसर को शिकागो से आकर ज्वर हो गया था।" वह कहती है।

"अब कैसे हैं?"

"ठीक हैं। आज कॉलेज गए हैं।"

मैं उससे पूछना चाहता हूँ कि हम कहाँ चल रहे हैं, क्योंकि मैं उसका नैकट्य पाने को आकुल होता हुआ भी, उसके घर जाने को प्रस्तुत नहीं हूँ।

वह चुप है। मोटर, मकान, सड़कें, दुकानें पीछे छोड़ती हुई चली जा रही हैं। कुछ देर में हम शहर से बाहर आ गए हैं। अब सड़क के दोनों ओर टीले हैं, और हरियाली है। एक लाल छतवाले फ़ार्म के सामने वह कार रोक देती है।

"आओ।" वह उतरते हुए कहती है।

"यह किसका फ़ार्म है?" मैं पूछता हूँ। एकाएक इतनी ठंड हो गई है, इसका अनुमान बाहर आने पर ही होता है।

"घबरा रहे हो क्या?"

"नहीं, घबराऊँगा क्यों?" कहते हुए मेरे अन्दर अपने पर एक नया विश्वास और अदम्य साहस भर उठता है। वह दरवाज़ा खोलती है; हम लोग किचन में हैं, बड़ी-बड़ी खिड़कियों पर लाल चैक के परदे हैं, वैसा ही मेज़पोश भी। स्टोव के ऊपर, दीवार पर चमकते, स्वच्छ ताँबे के बर्तन टँगे हुए हैं। टीटी नल खोलकर केतली में पानी भरते हुए कहती है, "यह फ़ार्म इलेन का है। इलेन मेरी नीग्रो नौकरानी है। सप्ताह में एक बार हमारे घर आकर पूरे घर की सफ़ाई किया करती है। आज वह वहाँ गई हुई है।"

स्टोव जलाकर टीटी कुर्सी पर आकर बैठ गई। उसने दोनों हाथ लाल मेज़पोश के ऊपर रख लिए हैं।

"इलेन बहुत भली है। वह मेरी नौकरानी नहीं, मित्र है। मुझे कभी-कभी आश्चर्य होता है कि इस शहर में केवल इलेन ही मेरे इतने निकट है। इलेन मुझे समझती है।"

थोड़ी देर में पानी उबलने लगता है। टीटी दो प्यालों में कॉफ़ी बनाती है, उसने मेरा प्याला भी मेज़ पर रख दिया है। हम दोनों चुपचाप अपनी-अपनी कॉफ़ी पीते हैं। टीटी, जैसा कि प्रायः उसके साथ होता है, फिर अपने में डूब गई है और झुकी हुई उसकी पलकें देखकर मेरा मन उसके मौन को भंग करने को नहीं होता।

बाहर हल्की-हल्की धूप बिखरी है। पास ही कभी-कभी कोई गाय रँभा उठती है, उसके अतिरिक्त सन्नाटा है। स्टोव के पास बिजली की घड़ी, बिना आवाज़ किए, समय बता रही है। मेरे हाथ से चम्मच छूटकर नीचे जा गिरती है, और हम दोनों एक साथ उसे उठाने नीचे झुकते हैं, और एक-दूसरे से आँखें मिलते ही, चम्मच बिना उठाए सीधे हो जाते हैं। कॉफ़ी का प्याला छोड़ वह उठ खड़ी हुई है और रसोई के द्वार पर जाकर ठिठक गई है। फिर वह ग्रीवा मोड़कर मुझे देखती है।

मैं अपनी कुर्सी पीछे खिसकाकर खड़ा हो जाता हूँ।

और तब, उस दिन के बाद, मेरे दिन शुक्रवार की प्रतीक्षा में कटते हैं, जो कि इलेन का सफ़ाई करने का दिन है, जबकि वह सारे दिन घर से बाहर रहती है, और जिस दिन मेरी एक भी क्लास नहीं होती। एक शुक्रवार से दूसरे शुक्रवार तक के अन्तराल को मैं विचित्र उत्कंठा से काटता हूँ, स्वप्नलीन व्यक्ति की तरह क्रिया-आलाप में मग्न होकर। तब बाग़ची के प्रश्नों का उत्तर भी देता हूँ, क्लास में जाता हूँ, और यह सब करते हुए मेरे अन्दर असीम सुख की, गहन तुष्टि की मन्द-मन्द आँच बलती रहती है, और उसी से लिपटी एक अननुभूत ख़ालीपन, शून्य की भावना भी। ऐसा सब, सीधी लीक पर चलती हुई ज़िन्दगी में मैंने कभी अनुभव नहीं किया था। मेरा जो दिन ख़ाली था, वही दिन इलेन की सफ़ाई करने का भी था, इस बात के संयोग का जब मैंने टीटी से उल्लेख किया तो वह हँस दी।

"पहले इलेन मंगलवार को आती थी।" उसने कहा, "पर तुम उस दिन बिज़ी होते हो, इसलिए मैंने इलेन का दिन बदल दिया।"

''उसने आपत्ति नहीं की?''

''वह आपत्ति क्यों करेगी? वह जानती है।''

''क्या वह हमारे बारे में जानती है?'' मेरे स्वर में अचम्भा था।

''वह तुम्हें नहीं जानती। पर मेरी कोई बात उससे छिपी नहीं है।'' उसने मेरे चेहरे के भाव पढ़ लिए होंगे।

''क्या तुम मुझे लेकर लज्जित हो, भास्कर?'' वह पूछती है।

मैं सहसा उत्तर नहीं दे पाता। उस छोटे-से चौकोर कमरे की खिड़कियों के बाहर अपराह्न की धूप चमक रही है; पर मोटे परदों के कारण कमरे में अँधेरा-सा है, पर ऐसा गहरा अँधेरा नहीं जिसमें कि हम दोनों एक-दूसरे को न देख सकें। वह शय्या पर पीठ के बल लेटी है, बहुत हल्के गुलाबी रंग की चादर से वह अपने को ढँके हुए है, ग्रीवा तक। तकिए पर उसके बाल बिखर गए हैं, उसकी आँखें अब शान्त, तोषपूर्ण नहीं दिखतीं, वे एकाएक बेचैन हो आई हैं।

वह धीरे-धीरे मेरी बाँह छूती है।

''नहीं तन्त्री, मैं लज्जित नहीं हूँ। पर कभी-कभी व्याकुल अवश्य हो उठता हूँ। तुम्हें प्रोफ़ेसर की तरह सुख-सुविधा नहीं दे पाऊँगा।''

वह मेरी बाँह पर से अपना हाथ हटा लेती है। मेरे पास यह जानने का कोई साधन नहीं है कि वह क्या सोच रही है? कुछ सोच भी रही है या नहीं? कुछ देर बाद वह कहती है, ''अब हमें वापस चलना चाहिए।''

मैं जान रहा हूँ कि एक लघु पल में ही वह मुझसे दूर चली गई है, जहाँ मैं उसे छू नहीं सकता, पकड़ नहीं पाता। और, मैं उदास हो आया हूँ। उसकी साड़ी अब तक नीचे फ़र्श पर पड़ी हुई थी, बैंगनी रेशम के एक ढेर की तरह। वह मेरी ओर पीठ कर वस्त्र पहन रही है, मैं जानता हूँ कि वह अब स्नानागार में जाकर बाल सँवारेगी, होंठों पर मोतिया रंग की लिपस्टिक लगाएगी। उसका प्रसाधन-हीन-सा चेहरा, कुशलतापूर्वक किए गए प्रसाधनों के कारण है, यह जानकर मुझे अपने ऊपर हँसी भी आई थी, और अचम्भा भी हुआ था।

जब तक वह स्नानागार में रहती है, मैं बिस्तर ठीक कर देता हूँ। मैं नहीं चाहता कि इलेन आकर हमारी उपस्थिति का कोई चिह्न पाए। पर मैं जानता हूँ कि इलेन जानती है, तभी तो हर बार बिस्तर पर धुली और लैवेंडर की गन्ध से सुवासित चादरें होती हैं, स्नानागार में साफ़ तौलिए।

लौटते हुए हम दोनों ही चुप रहते हैं। वह मुझे घर तक नहीं लाती, ज़्यादातर बस-स्टैंड पर छोड़ देती है।

इस बीच मौसम बदल गया है और घरों की छतों पर, वृक्षों की टहनियों पर, सड़कों और पेवमेंटों पर बर्फ़ जमी हुई दिखाई देती है। मैं भारी कपड़ों से लदा हुआ हूँ। बस अभी नहीं आई है; क्योंकि कुछ लोग प्रतीक्षा कर रहे हैं।

"शायद मैं अगले सप्ताह कहीं चली जाऊँ।" वह जाने से पहले कहती है।

मैं उसकी ओर देखता रह जाता हूँ। आज बेहद ठंड है, दूर फ़ैक्टरी की तीन चिमनियों से नीला धुआँ निकल रहा है और वह ऊपर नहीं उठ पाता, चिमनियों के आसपास ही मँडरा रहा है। सड़क की बत्तियाँ धुँधली-सी लगती हैं, और जैसे दिन के तीन बजे ही रात-सी हो आई है।

दूर बस आती हुई दिखाई देती है।

वह चली गई है। उसकी नीची-सी कार को एक बड़ा-सा ट्रक ढँक लेता है, और मैं उसे नहीं देख पाता।

दो-तीन दिन बाद प्रोफ़ेसर से बुक स्टोर में भेंट होती है। वह मुस्कराते हैं और उनके आग्रह पर मैं कैफ़ेटेरिया में जाकर एक कप कॉफ़ी पीने का निमन्त्रण स्वीकार कर लेता हूँ।

अपना ओवरकोट उतारते हुए मैं सोचता हूँ कि यदि प्रोफ़ेसर हमारी आत्मीयता की बात जान जाएँ तो उनके इस शिष्ट, सधे चेहरे पर क्या भाव आएँगे? न चाहते हुए भी प्रोफ़ेसर के प्रति मैं अनुदार नहीं हो पाता। उनकी विद्वत्ता का मैं आदर करता हूँ, उनकी आयु तक पहुँचकर भी मैं उनकी तरह प्रतिष्ठित नहीं हो पाऊँगा, इसका बोध मुझे है। मैं अत्यन्त साधारण हूँ, देखने-सुनने, पढ़ने-लिखने, हरेक बात में। पर इस समय मैं उनके प्रति बहुत सम-भाव अनुभव कर रहा हूँ—उसके कारण।

और, जैसे मेरे विचारों के उत्तर में उन्होंने पूछ लिया कि इधर मैं टीटी से मिला हूँ या नहीं।

झूठ बोलना मुझे अच्छा नहीं लगता। फिर भी कहना पड़ता है कि कुछ दिन पहले, बहुत थोड़ी देर को उससे भेंट हुई थी। और, कहते ही मेरे सारे शरीर में उसके अंगों का स्पर्श व्याप जाता है, और मेरी दाहिनी बाँह पर रोएँ भरभरा उठते हैं।

"मैं उसे लेकर आजकल बहुत चिन्तित हूँ।" वह एकटक मुझे देख रहे हैं, "उसका आचरण बहुत अस्वाभाविक होता जा रहा है। लम्बी चुप्पियाँ, उदासी के लम्बे-लम्बे दौर। उसे अपने को व्यस्त रखना चाहिए, पर उसका हर चीज़ से मन ऊब-सा गया है।"

मैं थोड़ा-सा 'अनइज़ी' हो गया हूँ। प्रोफ़ेसर मुझसे यह सब क्यों कह रहे हैं? पर मैं सुनता रहता हूँ। कैफ़ेटेरिया के बाहर नीली झील सफ़ेद बर्फ़ से ढँकी हुई है, उसके ऊपर धुन्ध-सी छाई रहती है, उस पर की कोई चीज़ नहीं दिखती।

"भास्कर, तुमने टीटी में कोई परिवर्तन नहीं देखा?"

"उन्हें निकट से जानने का मुझे अवसर नहीं मिला।" मैं कहता हूँ, और सोचता हूँ कि वह सचमुच मेरे लिए अपरिचिता है, मैं उसके बारे में अवश्य जानता हूँ, पर वह क्या सोचती है, सप्ताह के अन्य दिनों में कहाँ जाती है, क्या करती है, इसका मुझे कोई ज्ञान नहीं है।

"जाड़ों में वह हमेशा डिप्रेस्ड रहने लगती है। उसके डॉक्टर का कहना है कि उसे कहीं गर्म, धूपवाले प्रदेश में चले जाना चाहिए। जैसे फ्लोरिडा।"

"क्या वह जाएँगी?"

"बहुत सम्भव है इसी सप्ताह।"

उसके बाद मैं कुछ नहीं कहता। प्रोफ़ेसर के मुख की ओर भी नहीं देख पाता। मुझे भय है कि मैंने असावधानी से उनके ऊपर यह प्रकट हो जाने दिया है कि उसके कहीं चले जाने की सम्भावना से मैं थोड़ा-सा घबरा गया हूँ।

जाने से पहले केवल एक बार भेंट होती है। बहुत थोड़ी देर को। अपने घर के आगे एक पुरानी-सी मोटर से एक नीग्रो औरत को उतरते देख जान लेता हूँ कि यही इलेन होगी। वह मुझे साथ ले जाने को आई है। हम उसके घर नहीं जाते, दिन में मूर्ति-दम्पति का घर भिन्न-सा लगता है। वह गलियारे में खड़ी है, हमें देखते ही कहती है, "इलेन, बड़ी देर लगा दी।"

"मुझे दुख है मिसेज़ मूर्ति।" इलेन कहती हुई अन्दर चली जाती है।

"भास्कर," वह मेरे निकट आ जाती है। वह हल्के पीले रंग की रोब पहने है जो भूमि तक आती है, पारदर्शी नायलौन की, पर इतनी परतें कि कोई अंग नहीं दिखता।

वह उद्विग्न-सी है, वह मुझे अपने कमरे में ले आती है। और पलंग के पायताने रखी कुर्सी की ओर बैठने का संकेत करती है। पलंग काफ़ी बड़ा है, उस पर सफ़ेद और सुनहरे रंग का पलंगपोश बिछा है, ऊपर झालरदार चँदोवा है। नीचे फ़र्श पर दो सूटकेस खुले पड़े हैं।"

"मुझे रात तक पैकिंग कर लेनी है।"

मैं चुप हूँ और उसके कमरे को देख रहा हूँ जिसकी साज-सज्जा सचमुच टीटी के उपयुक्त है, जिसकी अव्यवस्था में भी टीटी सजती है। मेरे मन में रह-रहकर इलेन का वह छोटा-सा अतिथि-कक्ष उभर आता है, जहाँ मैंने सम्पूर्णता से टीटी को पाया था। पर जहाँ हर चीज़ पुरानी, कम दाम की थी और जहाँ से हर बार बाहर आने पर मेरे मुँह का स्वाद कुछ कड़वा-सा हो आता था क्योंकि उन कुछ आत्मीय घंटों में भी मेरे मन में अपनी असमर्थता का भाव चिपटा रहता था। यदि मेरा अपना, अलग छोटा-सा भी फ़्लैट होता तो उसकी नौकरानी के घर में मिलने की आवश्यकता न पड़ती। टीटी का कमरा, उसके कपड़े, उसकी चीज़ें, उन सबके बीच मैं नितान्त अकेला बैठा था, और थोड़ा-सा आहत भी। यदि वह चाहती तो जाने को मना कर सकती थी। वह इतनी स्वतन्त्र है, शायद वह स्वयं जाना चाहती हो।

अपने को आश्वस्त करने के लिए कहता हूँ, "निश्चय ही यह अन्त नहीं है, कुछ सप्ताहों के तुम्हारे चले जाने से कुछ नहीं बदलता।"

"मैं अभी तैयार हुई जाती हूँ, तुम यहीं ठहरो।" वह पलंग पर से कुछ कपड़े उठा लेती है और कमरे से संलग्न एक द्वार खोलकर अन्दर चली गई है। जब वह बाहर आती है तो बहुत-कुछ पहले-जैसी लगती है–प्रकृतिस्थ, संयत। एक छोटी-सी मुस्कान में मुझे सम्मिलित करते हुए वह इलेन को पुकारती है।

"हम लोग कुछ देर को जा रहे हैं। क्या तुम यह कपड़े पैक कर दोगी?"

इलेन यह सुनकर चौंक-सी गई। मेरी ओर देखते हुए वह स्वीकृति में सिर हिलाती है।

"क्या हम इलेन के घर जा रहे हैं?" मैं पूछता हूँ।

"नहीं बेबी, उतना समय नहीं है।" वह कहती है।

"फिर?"

"तुम बहुत निरर्थक सवाल पूछते हो।" उसने अपनी तर्जनी मेरे होंठों पर रख दी है।

यात्रा लम्बी है, कुछ देर में मैं समझ जाता हूँ कि हम झील के उस पार जा रहे हैं। मैं बहुत-कुछ कहना चाहता हूँ और हर क्षण के बाद मेरी आकुलता बढ़ती जा रही है।

"क्या तुम्हारा जाना आवश्यक है?"

"डॉक्टर कहते हैं।"

"पर तुम अस्वस्थ नहीं।"

"यहाँ हूँ।" वह अपने माथे की ओर इशारा करती है।

"तन्त्री, पत्र तो लिखोगी न?"

"कौन जाने?" वह कन्धों को थोड़ा-सा हिलाती है।

उसके बाद लम्बा मौन।

मैं खिड़की के बाहर देखता हूँ। काँच पर बर्फ़ के छोटे-छोटे कण इकट्ठा हो रहे हैं क्योंकि सुबह से ही, हल्की फुहार की तरह बर्फ़ गिर रही है। मेरी साँस से काँच पर थोड़ी-सी भाप जम जाती है।

कार जब मुख्य सड़क छोड़ बाईं ओर मुड़ती है तो एक कई मंज़िली बड़ी-सी इमारत को देख मैं समझ लेता हूँ कि यही मेडिकल कॉलेज होगा।

कार को छोड़कर हम दोनों इमारत के अन्दर आए हैं। घुसते ही बड़ा-सा हॉल है, स्वच्छ गलियारे। सबकुछ प्रसन्न, आकर्षक।

हम दोनों लिफ़्ट के नीचे आने की प्रतीक्षा में हैं। हमारे अतिरिक्त दो युवा डॉक्टर सफ़ेद कोटों में खड़े हैं और अपने वार्तालाप में तल्लीन हैं।

"क्या तुम कुछ देर यहीं ठहरोगे?"

"अच्छा।" मैं जान रहा हूँ कि उसने एकाएक इरादा बदल दिया है। वह जहाँ भी मुझे ले जा रही थी, अब नहीं ले जाएगी!

लिफ़्ट उसे और दोनों डॉक्टरों को लेकर ऊपर चली गई है। मैं वापस आकर रिसेप्शन-रूम में खड़ा हो जाता हूँ। मैं हरी, गुलाबी या सफ़ेद, किसी भी रंग की कुर्सी पर बैठ सकता हूँ, पर बैठता नहीं। दीवार पर घड़ी के नम्बर अंकित हैं और दो बड़ी-बड़ी सुइयाँ उभरी नज़र आती हैं। कमरे के कोने में एक रबड़ का पेड़ बड़े-से गमले में उगा हुआ है। पीली डेस्क के पीछे सुनहरे बालोंवाली एक युवती बैठी है। एक ओर दो स्त्रियाँ बैठी हैं, उनके मुख पर धीर प्रतीक्षा का भाव है।

युवती की मेज़ पर रखा सफ़ेद टेलीफ़ोन बार-बार बजता है। वह उसके रिसीवर में इतने धीमे स्वर में बोलती है जो कि आसपास कोई नहीं सुन पाता।

मैं पतलून की ज़ेब में हाथ डाले खड़ा हूँ। दीवार की घड़ी पर बार-बार दृष्टि जाती है। उसे गए बीस मिनट हो चुके हैं। मैं कमरे से निकल बाहर सीढ़ियों पर आ गया हूँ। सबकुछ बर्फ़ से ढँका, शान्त, निस्तब्ध है, एक क्रिसमस कार्ड की तरह। उसे ठंड बरदाश्त नहीं होती, इसलिए उसे किसी गर्म जगह जाना ज़रूरी है। किसी प्रदेश में चटक धूप खिलती होगी, यह सोचकर भी अजीब-सा लगता है।

उसने आकर मेरा हाथ पकड़ लिया है, उसकी हथेली गर्म और पसीजी हुई है। वह थोड़ी देर चुपचाप खड़ी रहती है। फिर जैसे वह काँप उठी है, शीत के कारण। आधे घंटे में ही धूप चली गई है और चारों ओर हल्की नीली रोशनी फैली हुई है, जो थोड़ी देर में गहरी हो जाएगी।

हम लोग कार में लौट आए हैं। कार चलने से पहले वह चुपचाप बैठी रहती है, फिर वह कहती है, "भास्कर, मुझे तुमसे सबकुछ कह देना चाहिए था। कहना आसान न था। पर चाहती हूँ कि तुम मुझ ही से सुनो।...इस अस्पताल में हमारा पुत्र है। वह नॉर्मल नहीं है। कभी भी नॉर्मल जीवन नहीं बिता सकेगा।"

वह मेरी ओर आ गई है, अब वह मेरी बाँहों में है, उसके बाल बाएँ गाल को छू रहे हैं।

"उसके जन्म के बाद, फिर कभी कुछ पहले-जैसा न हो सका।" वह कहती है, "और इसीलिए प्रोफ़ेसर को मैं और आहत नहीं करना चाहती।"

मैं धीरे-धीरे उसके बाल थपथपा रहा हूँ। मैं जान रहा हूँ कि उसे, जो कुछ चुनना था, वह चुन चुकी है। अब मुझे कहने को कुछ बचता ही क्या है? मैं धीरे से उसे अपनी बाँहों से अलग कर देता हूँ और संयत, ठंडे स्वर में कहता हूँ, "हमें अब वापस लौटना चाहिए। तुम्हें रात की फ्लाइट पकड़नी है।"

✪ ✪ ✪